死仮面

横溝正史

角川文庫
23186

目次

死仮面

死仮面をつくる男

……その女のいのちは眼《め》にありました。

いくらか碧味《あおみ》をおびた瞳《ひとみ》は、深淵《しんえん》のようにすんで、まじまじと物を見つめるとき、対象となるものを、そのまま瞳のなかへ吸いとろうとするかのようでした。

その女はいつも悲しげで、三か月の同棲《どうせい》生活のあいだに、わたしはいちども、彼女《かのじょ》が心からわらうところを見たことがありません。いつも長い睫毛《まつげ》を伏《ふ》せているのが、どうかするとうっすらと泪《なみだ》ぐんで……そんなとき、夜霧《よぎり》にぬれたような黒い瞳が、宝石をちりばめたように耀《かがや》きました。

……その女のいのちは唇《くちびる》にもありました。

彼女のわずろうている病気の常として、いつもヌレヌレと真っ赤に染まった唇は、健康的とは申せませんが、それだけにまた、男の心をそそらずにはおかぬほど、蠱惑《こわく》にみちたものでした。

その女はなにかしら、過去に尾《お》をひく罪のかげを背負うているように見え、どうかして罪の思い出におののくとき、彼女のあかい唇は、みるみるうちに紫色《むらさきいろ》に色が朽《く》ちて、わなわなとはげしくふるえるのでした。

……その女のいのちは、肌《はだ》にもあったといえましょう。

青く静脈のういて見える肌は、まるで上簇《じょうぞく》するまえのかいこのように、陽《ひ》にてらすと、きらきらと向こうがすけて見えそうでした。

その女がどのような過去を背負うていたのか、いまもってわたしにはわかりません。しかし、はじめて彼女がわたしの家へころげこんで来たころ、彼女のうすい、かよわい肌のうえに、鞭《むち》でぶたれたようなみみず脹《ば》れが、縦横無尽《むじん》についていたことを思うと、彼女の過去がどのように陰惨《いんさん》なものであったか、想像できるように思うのです。

そのみみず脹れは癒《い》えてからも、長く痣《あざ》となって彼女の肌にやきつけられ、どうかすると、それが火のように疼《うず》くらしく、そんなとき彼女は、きっとくわえた髪《かみ》の先を、くいきらんばかりにもだえ苦しみながら、

「慎吾《しんご》さん、吸って、吸って……その傷口を吸って……」

彼女のあの不健康な青い静脈のなかに、幾人《いくにん》の男の血がまじっていたのかわたしは存じません。わたしは一度だってそんなことを考えてみたこともないし、また、やきもちを焼いたこともありません。三月のあいだ、彼女はわたしの愛撫《あいぶ》に満足してくれたのだし、醜《みにく》いわたしの容貌《ようぼう》や、節くれ立ったわたしの指に、いちどだって不平がましいことを洩《も》らしたことはありません。

いいえ、その反対に、いつか興奮が頂点に達したとき、彼女はわたしの首にかじりつき、気ちがいのようになってこんなことを呟《つぶや》いたものです。

「慎吾さん、慎吾さん、どうしてあたしはもっと早く、あなたにめぐりあわなかったのでしょうねえ。あなたのような、優しい、思いやりのある人に、もっと早くめぐりあっていたら、わたしの人生はもっとちがったものになっていたはずだのに。……あのように堕落《だらく》もせず、罪のかげにもおののかずにいられたものを。……でも、もう遅《おそ》いわ。わたしの血はけがれている。あたしの血管のなかには、恐《おそ》ろしい罪の血がながれているのよ。あたしはきっと、ちかいうちに死んでいくわ。でも、いいの。死んでもいいの。死んでくまえにあなたのような人にあったこと、そしてこんなに愛していただいたこと。……あたし、それで満足してるわ。あたしはそんな値打ちもない女だのに……」

申しおくれました。彼女――姓《せい》は山口《やまぐち》、名はアケミ。しかし、それが彼女のほんとうの名前かどうか、わたしの知るところではありません。

どうして彼女と識《し》り合うようになったのかとおっしゃるのですか。

そうです。それはいまから三月ほどまえ、夏のはじめのひどい嵐《あらし》の晩でした。

わたしは彼女が停車場の付近で、雨に打たれて、踏《ふ》みにじられたボロのように倒《たお》れているのを発見して、マーケットのなかにある、自分の住居へつれてかえったのです。

彼女のからだは火のように熱く、口をおさえたハンケチが、真っ赤にそまっているのにわたしは気がつきました。それでいて、わたしがびっくりして、医者を呼びにはしろうとするのを、彼女はあわてて呼びとめたのです。

「だれも呼ばないで下さい。このままそっとしておいて頂戴《ちょうだい》。わたしだれにもこんな姿を見られたくないの。ひとが来たらわたし死んでしまうわ」

　どのような事情があるのかわかりませんでしたが、彼女の願いがあまり真剣《しんけん》だったので、わたしも仕方なしに医者を呼びにいくことを思いとどまりました。その代わりわたしは、その日以後、奴隷《どれい》が主人につかえるように、彼女の枕頭《ちんとう》に奉仕したのです。

　さいわい、一週間ほどの安静で、その女の容態も、だいぶ持ち直したかに見えました。いくらか気分のよくなったある日、彼女はさびしい靨《えくぼ》をみせながら、こんなことをわたしにいいました。

「あなたは顔は醜いけれど、心はきれいなかたらしいわね。あたしいままでこんなふうに、若い男に気をゆるしたことはなかったわ。あなたがそばにいてくださると、あたしなんだか、心があたたまるような気がするのよ」

　それからまたあるとき――それはわたしたちが、はじめて許しあった直後のことでしたが――彼女はこんなふうに囁《ささや》きました。

「あたし、山口アケミというのよ。でも、それ以上のことはなにもきかないでね。あたしがどういう女だか、どこから来たのか、いっさいきかないでね。もしあなたがわたしの前身に、好奇心《こうきしん》を持つようなことがあったら、あたし一日もここにいられないわ」

　それからまた彼女は、こんなこともいうのです。

「あたしのことを絶対にだれにもしゃべらないでね。あたしがここにいることを、ひとに覚《さと》られちゃいけないのよ。不思議な縁《えん》で、あなたのもとに身を寄せている女――ただ、それだけで満足していてね。それ以上のことをあなたが知ろうとしたら、あたしたちの仲はそれっきり、おしまいになってしまうのよ。ね、わかってくだすって?」

わたしはむろん、彼女の言葉にしたがうよりほかはありませんでした。わたしのように醜い、貧しい彫刻家《ちょうこくか》が、はじめて知った女としては、彼女はたしかに過ぎものなのです。彼女がどのような過去を持っていようと、わたしはいっさい気にしないことにいたしましょう。そういう女だからこそ、わたしのようなものに許してくれたのです。山口アケミと名乗る女——わたしはそれだけで、満足しなければなりませんでした。

こうしてわたしたちの妖《あや》しい同棲生活は、三か月つづいたのです。そのあいだだれ一人として、彼女のような女が、わたしとともに棲《す》んでいることに気がついたものはありません。それというのが、もともとわたしは変人でとおっており、近所づきあいもしなかったし、また、この町に友人などというものは一人もありませんでしたから、訪ねてくる者なども絶対になかったからです。

いまから思えばそれはまったく不思議な生活でした。つまり二人は、浮《う》き世はなれた山の奥《おく》か、絶海の孤島《ことう》にでも住んでいるのと同じでした。世間から完全に孤立《こりつ》したふたりだけの世界で、わたしたちはだれにも知られず、ただ、愛しあうことにのみ夢中《むちゅう》になっていたのでした。そして秘密というものの持つあやしい魔力《まりょく》が、わたしたちの仲をいっそう味の濃《こ》いものにし、いつしかそれに溺《おぼ》れきったわたしたちは、自制も反省もない、ただれた泥沼《どろぬま》のなかにおちてしまったのでした。

むろん、ときどきわたしも反省しました。

それというのが、一時持ち直したかに見えていた彼女の容態が、またしだいに悪化しはじめたことに気がついたからです。夏の終わりごろから、彼女は日一日と枯瘦《こそう》していき、瞳のいろにも、この世のものと思えぬほど、妖《あや》しい、神秘的な深みが加わってきたからです。彼女の肉はおち、骨はおとろえました。

しかも、改めて申し上げるまでもなく、彼女の骨肉をこうも無残に削《けず》っているのは、ほかならぬわたしなのです。しかし、わたしがときどきそんなふうに、反省めいた言葉を吐《は》くと、彼女はきまって、火のように熱い腕《うで》を、わたしの首にまきつけるのでした。

そうすることが彼女にとって、もはや非常な努力であったにもかかわらず……

「いいのよ、いいのよ。ここで慎《つつし》んでみたところでどうなるというのよ。どうせ長い命じゃない。つまらないこと気にしないで、ね、ね、好きなようにして……」

彼女にこういわれると、わたしの弱い自制心など、すぐけしとんでしまいます。わたしはちょうど、子供が気に入ったおもちゃを、つつきこわしてしまうまで、いじくっていなければおさまらないように、彼女を愛撫しつづけたのです。

こうして、とうとう悲しい終末が来ました。

もういけないとお互《たが》いにはっきり認めあったとき、彼女は例の吸いとるような眼差《まなざ》しで、まじまじとわたしの顔を見ながら、こんなことをいうのでした。

「慎吾さん、ながいことありがとう。おかげで生涯《しょうがい》の最後の期間を、楽しく過ごさせていただいたことを、どんなに感謝していいかわからないわ。あなたというひとがなかったら、あたしどんな暗澹《あんたん》たる思いで、野たれ死にしていたかも知れやしない」

彼女はそこで、咽喉《のど》にからまる痰《たん》を切るとこんなふうに言葉をついだのです。

「ところで、死んでくまえにひとつだけお願いがあるのよ。あなた彫刻家だから、デス・マスクのとりかたをご存じでしょう」

わたしがおどろいて顔を見直すと、彼女は謎《なぞ》のような靨《えくぼ》を頬《ほお》にきざんで、

「ねえ、約束《やくそく》して。……あたしが死んだら、デス・マスクをとっていただきたいの。そして、それをあるところへ送っていただきたいの。なんのためにそんなことをするんですって？　いいえ、それは聞かないで頂戴。ただ、あたしの最後の願いだと思って、黙《だま》ってきいていただきたいの。きいてくださる？　嬉《うれ》しいわ。それじゃちょっと、紙と鉛筆をとって頂戴。……いま、宛名《あてな》を書いておくから……」

山口アケミはその晩死んだ。思ったよりも苦痛の少ない、安らかな死にかたで、白蠟《はくろう》のような頬には、謎のような靨のあとさえ、くっきりときざまれているのでした。

わたしは彼女の眼をつむらせるまえに、約束どおり、デス・マスクをとってやりました。

われながらそのデス・マスクはよくできたと思っております。瞳のいろこそ再生するのはむつかしかったが、すんなりとした鼻、可愛《かわい》い、そして、いくらかいたずらっぽい唇、――うすい肌さえ連想されるようで、生きているころの彼女を、そのままうつし出

したようにさえ思われるのでした。

わたしはそういうデス・マスクを二つ作りました。そして、一週間ほどして、石膏《せっこう》づくりのデス・マスクがよく乾いたところで、彼女の書きのこしていった宛名の人に、そのひとつを送ってやりました。そして、あとのひとつは一生の思い出として、自分の手許《もと》にのこしておくことにしたのです。

宛名の人。――

それは女で、ところは東京でしたが、デス・マスクを発送すると同時に、わたしは所書きも紛失《ふんしつ》してしまいました。だから宛名の女が山口アケミと、どういう関係があるのか、また、アケミが臨終の間際《まぎわ》に、なぜ、そのひとに自分のデス・マスクを送るように約束させたのか、わたしには一切わからないのです。

以上がわたしと山口アケミという女の、短い、不思議な同棲生活の顚末《てんまつ》であります。山口アケミとはなにものか、どこからこの町へやってきたのか、わたしは何も存じません。言葉つきから考えると、東京のもののように思われますが、それもはっきりしたことは申せません。ただ、この町のものでないことだけはたしかだと思っています。

不思議な女、哀《あわ》れな女、美しい野獣《やじゅう》のような女、通り魔《ま》のようにわたしの人生をかすめてとおって、そして拭《ぬぐ》いがたい強烈な印象を、わたしの体のすみずみにまで残していった女……それぐらいのことよりほかに、わたしには何もいえないのです。

三か月のあいだ、わたしは気が狂《くる》っていたも同様なのです。強い熱風に吹《ふ》かれて、頭が変になっていたのでしょう。

したがって、これ以上のことは何をきかれても、こたえ得ないわたしであることを、改めてここに誓《ちか》います。

昭和二十三年九月　　　　野口《のぐち》慎吾誌《しる》す。

金田一耕助

「なるほど、これは妙《みょう》な告白書ですな」

まえに掲《かか》げた奇妙《きみょう》な告白書を読み終わったとき、金田《きんだ》一耕助《いちこうすけ》はいかにも嬉しそうに、ガリガリと五本の指で、もじゃもじゃ頭を掻《か》きまわした。

これが昂奮《こうふん》したときの、この男のくせなのである。ガリガリと頭を掻きまわすたびに、フケがとんで散乱するのだから、不潔といえば不潔だが、金田一耕助のそういうしぐさには、妙に人をひきつける魅力《みりょく》があった。

「そうでしょう？」

磯川《いそかわ》警部もにやにやしながら、それでも相手が予期した反応を示してくれたので、いかにもわが意を得たりといわんばかりの顔色だった。

「私もね、この告白書の文面を、額面どおりのむわけにはいかんような気がするのです。何かこの事件には裏がある。いや、裏というよりも、もうひとつ深い奥底――つまり、暗い秘密ですな――そんなものがあるのじゃないか、と、いう気がしてならないのです」

「いったい、この、野口慎吾というのはどういう人物ですか。この告白書はまるで散文詩ですな、妙な要領を得ているような得ていないような……詩人ですか、それとも、ここに書いてあるとおり、少しばかり気が変になっていたんですか」

「さあ、それがまたよくわからない、そいつまるで雲をつかむような存在でね、素質的に異常なところがあったのかもしれない、そこへもってきて、その……山口アケミという女ですな、その女との三か月にわたる異常な性生活で、多分に気が変になっていたんでしょうな。事件が表面に浮きあがってから、そいつ、警察で厳重な取り調べをうけたのですが、いうことがまるで支離滅裂《しりめつれつ》で……」

「コルサコフですか」

金田一耕助はにやにや笑った。

「うん、まあね。そんなふうに流行語で片づけたくはないのだが……どっちにしても、精神鑑定《かんてい》が必要な状態でした。そこでいよいよその運びにうつろうという間際になって……」

警部がそこで、ふいと眉根《まゆね》をくもらせたので、金田一耕助はデスクから少し体を乗り出した。

「間際になって……？　どうかしたのですか」

「逃亡《とうぼう》を企《くわだ》てたのですな。いや、逃亡を企てたというより、自殺を企てたといったほうが正しいかもしれない、死体はついにあがらずじまいだったが……」

警部はそこでポンと言葉を切った。

耕助は無言のまま、そのあとを待っていたが、いつまでたっても警部が口をひらこうとしないので、たまりかねたようにデスクのうえに両肘《りょうひじ》を乗り出して、

「ねえ、警部さん、いったい、これはどういう事件なんです。この告白書はずいぶん僕《ぼく》の好奇心をあおり立てましたよ。女のデス・マスク……なんだか妙に薄気味悪《うすきみわる》い感じじゃありませんか、この告白書を読ませるからには、何もかも、僕に話してくださろうという思し召《おぼしめ》しなんでしょう。それならば焦《じ》らさずに、話してくだすってもよさそうなものじゃありませんか」

そこは岡山県刑事課《けいじか》の、殺風景な一室であった。この刑事課でも老練の、古狸《ふるだぬき》という異名のある磯川警部は、今日訪れてきた金田一耕助と話をしているうちに、ちかごろ自分を悩《なや》ませているあの奇妙な事件を、急に話してみたくなった。そこでまず取り出してみせたのが、この物語の冒頭に掲げた、あの奇妙な告白書なのだが、すると案の定、金田一耕助はひどくこの一文に心を動かされたというわけである。

ところで、金田一耕助と磯川警部という人物だが、諸君がもし、この二人のことをも

う少し詳《くわ》しく知りたいと思われるならば、拙著《せっちょ》「本陣《ほんじん》殺人事件」ならびに「獄門島《ごくもんとう》」を読んでいただきたい。そこに金田一耕助という、このもじゃもじゃ頭で、一見風采《ふうさい》のあがらない、いつも和服によれよれの袴《はかま》をはいている、小柄《こがら》で奇妙な人物が、どのように明快な推理で、怪事件《かいじけん》を解決したか。また、それらの事件で磯川警部が、どのような態度で耕助に助力したかということが、詳しく書かれているはずである。いってみれば金田一耕助のシャーロック・ホームズに対して、磯川警部はいつもワトソン的役割を演じているのである。

さて、金田一耕助は、昭和二十三年の夏から秋のはじめへかけて、岡山県の北方、ほとんど鳥取県との境にある、八《や》つ墓《はか》村という山中にある一寒村へ出向いて、そこで世にも恐ろしい連続殺人事件を解決してきたばかりのところであった。そのかえるさき挨拶《あいさつ》かたがた、県の刑事課へ立ち寄ったところが、そこで計らずもぶつかったのが、これから話をしようという、この異常に薄気味悪い「死仮面」事件であった。

だが、……あまりお先走りをするのは控《ひか》えよう。われわれはしばらく、金田一耕助とともに、磯川警部の話に耳をかたむけなければなるまい。そのとき警部の話した事件の中にこそ、後に起こった「死仮面殺人事件」の神秘な謎が秘められていたのだから。

「いや、これはすまなかった。別にあんたを焦らせるつもりじゃなかったが、どんなふうに切り出してよいかわからなかったものだから……実は、この事件が表面に浮きあがってくるまえに、東京の警視庁のほうから通牒《つうちょう》がありましてな。いや……しかし……やっぱりそれから話しちゃまずいかな。そうだ、やはりこれは、あの事件が表面にうきあがってきたところから、お話ししたほうがよさそうだ。当時、新聞でかなり騒《さわ》ぎ立てた事件だから、あんたも多少はご存じだろうと思うが……」

そういう前置きのもとに、磯川警部が話し出した事件というのはこうである。

マーケット秘話

戦災をうけたどの都会でもそうだが、戦後いちはやく復興したのはマーケットというやつである。それらのマーケットは、どこの都会でも、一番人の集まりそうな、盛《さか》り場の付近だとか、停車場の近所だとかを占拠《せんきょ》して、ふつう善良な市民たちが、まだ放心状態にあるのを尻眼《しりめ》にかけて、どんどんと建ち並《なら》んでいった。それはまるで、一つのバクテリアが二つにわれ、さらに四つに分裂《ぶんれつ》して、またたく間に繁殖《はんしょく》していくように、物すごい勢いで区画をひろげていった。

当然、そこにはなんの秩序《ちつじょ》も道徳もなく、バラック建ての、さながら迷路のような安《やす》普請《ぶしん》のその一画は、どこの都市でもひとところは、まるで罪悪の巣窟《そうくつ》のように目《もく》されていたものである。

しかし、さすがに戦後三年ともなれば、警察の取り締《し》まりもようやく軌道《きどう》に乗り、ひところほどのことはなくなって、正直な商店街としての面目を取りもどそうという努力も見られるが、しかしまだまだ、あの迷路のようなマーケット街のなかでは、どのようなことが行われているか知れないというような悪い印象ものこっている。

岡山市最大のマーケットは駅前にある。慣れぬ者がこのマーケットへ踏みこめば、まるで八幡《やわた》の藪《やぶ》へ迷いこんだような、一種異様な錯覚《さっかく》におそわれるだろう。細い通路の両側には、マッチ箱《ばこ》のように小さいバラック建ての商店が、ぎっちりと押《お》しならんで、なんともいえぬ異様な騒音《そうおん》を奏でている。しかも、こういう通路は四方八方、蜘蛛《くも》の巣《す》のようにひろがって、いつ果つべしとも思えぬくらいである。

こういう小迷路の一番奥まったところに、一軒の美術品店があった。

美術品店といったところで、そういうマーケットのことだから、むろん高級なものではない。安っぽい油絵だの額縁《がくぶち》だの、それからありふれた石膏の裸像《らぞう》だのを、ゴタゴタとなんの趣味《しゅみ》も秩序もなく、ならべ立てただけのことである。

いったい、その店のあるへんは、さっきもいったとおりマーケットでも一番奥まったところで、あまり人のよりつかない場所であった。終戦直後は、そういう悪い場所でも商売が成り立ったらしいが、都市の他の部分の商店街が復興していくにつれて、マーケットでもそういう奥まったところでは商売がむつかしくなったとみえて、この店もよく持ち主がかわる。いまいった美術品店が店を出したのは、その年の六月ごろのことであった。

主人は野口慎吾といって、長い髪をもじゃもじゃ伸《の》ばした、一見貧乏《びんぼう》画工といった風《ふう》貌の、いかにも醜い独身者であった。いつもダブダブのコール天のズボンに、汚い上衣を着ていたが、その上衣はいつ見ても、絵の具や粘土《ねんど》でよごれていた。それというのが、この男は、美術品を扱《あつか》うのみならず、自ら土をこねて石膏像を作り、また安っぽい油絵もかくのである。かれはこのマーケットの店の奥にある、四畳半《よじょうはん》ほどの部屋《へや》を住居と同時に工房《こうぼう》として使っていた。しかし、そのことがわかったのは、あの事件が表面へ浮きあがってからのできごとで、それまではだれ一人、この工房をのぞいたものはなかった。

それというのが、野口慎吾というのが、たいへん無口な、風変わりな男で、ほとんど近所づきあいもせず、隣《となり》近所の人にあっても、ろくに挨拶ひとつしなかった。だから、付近の店の人々も、いつかかれのことを、画工の変人さんと呼んで、敬して遠ざけるというようであった。

さて、昭和二十三年九月なかばのことである。この野口美術店の近所の店では妙な噂《うわさ》が立ちはじめた。

臭《くさ》いというのである、それはなんともいえぬ臭気《しゅうき》が、付近一帯をおおうて、そのために飯も咽喉に通らぬくらいであった。しかも、その匂《にお》いは日を追うていよいよ強くなるばかりだから、近所の人たちは寄るとさわるとその話であった。いったい、なんの匂いだろう、どこかに犬か猫《ねこ》の死骸《しがい》でもころがっているのではなかろうか……そんな話をしているうちに、だんだん、野口美術店の奥が怪《あや》しいということになってきた。

そういえば、美術店の店先へ入ると、嘔吐《おうと》を催《もよお》しそうな匂いがプンと鼻をつく。また、その裏木戸のあたりには、おびただしい蠅《はえ》の群れだった。

何かある！　あの店の奥の薄暗《うすぐら》い四畳半のなかに、何かしら、あのいやな匂いの根元が横たわっているのだ。

人々はだんだん不安になってきた。何かしら、ゾッとするような無気味なものが感じられた。これというのが、この一月あまり野口慎吾という男の素振《そぶ》りが、なんとなく人々の腑《ふ》に落ちかねていたからである。変人は以前からのことであった。しかしちかごろでは変人の域を通り越《こ》して、どこか気ちがいじみたところが見える。ギラギラと油のういたような眼のいろにも、正気とは思えないような凄味《すごみ》と鬼気《きき》が感じられた。

「そういえば……」

と、隣のライター屋のおかみさんが、呼吸《いき》を殺していうのに、

「わたし、まえから変に思っていることがあるんです。野口さんは独身者のはずでしょう。ところが、わたしちかごろ、どうしてもあの家に、もう一人だれかいるように思えてならないんです。いいえ、姿を見たわけじゃありませんけど、そりゃ……壁《かべ》一重ですもの、わかりますわ。その人は女……それも若い女のひとらしいんですよ。野口さん、まだ若いのだから、女を引っ張りこもうがどうしようが、わたしなんとも思やあしませんわ。でもどうしてあんなにひた隠《かく》しにおかくしになるのかと思ってね。いつか、お客さんがおありですかと訊《たず》ねたら、怖《こわ》い顔をしてね、いいえ、だれも来てません、どうしてそんなことをいうのですかって、まるで噛《か》みつきそうにおっしゃるんです。それでい

て……」

と、おかみさんはいくらか顔を赧《あか》くして、

「ちゃんと気配でわかるんですよ。どうせ、こんな安普請の、壁一重ですものね。若い男と若い女が隣にいたら……それに、ずいぶん猛烈《もうれつ》なんですものね」

おかみさんはそこで思わずにやにやしかけたが、急にゾクリと肩《かた》をふるわせると、

「ところが、ここ一週間ほど、ぴたりとその気配が聞こえなくなったんです。野口さんの眼が気ちがいじみてきたのは、ちょうどその時分のことからでしたわ。だから、ひょっとすると女のひとというのが死んで……まだ、あの奥に死体があるのじゃないでしょうか」

マーケットの住人のなかで、勇敢《ゆうかん》な連中が五、六人、しめしあわせて野口慎吾の留守中に、美術店の奥へ踏みこんだのは、それから間もなくのことでした。

「ところが、そこにもうすっかり腐爛《ふらん》してしまって、相好《そうごう》の識別もつかなくなった女の死体を発見したのだから、さあ、マーケットじゅうは大騒ぎで、俄然《がぜん》、事件が表面にうきあがってきたというわけです」

磯川警部は「光」を一本吸いつけると、箱ごと耕助のほうへ押しやった。耕助も遠慮《えんりょ》なしに一本抜《ぬ》きとると、ゆったりと煙《けむり》を吐きながら、

「それで、女の死因は……？」

「いや、それは別に怪しいところはなかったようです。解剖《かいぼう》の結果によると、両肺がす

っかり冒《おか》されていたということだから、その手記にあるとおり、肺結核《けっかく》で死んだものですね。だから、他殺というような疑いはなかったが、ただ怪《け》しからんことには、野口という男だがね、死体を犯していたのじゃないかという疑いを持たれたんですよ」

耕助は思わず顔をしかめた。

「そりゃ……まるで『雨月《うげつ》物語』のなかにある〝青頭巾《あおずきん》〟ですね。男と女のちがいはあるけれど……」

「そう、つまり一種の変質者の犯罪ですね。そういう意味で、実に不快な、陰惨な事件で、これをわれわれの立場からいえば、格別変わった事件とも思われなかった。ところが……」

「ところが……？　まだ、何かあるのですか」

「そう、その女の身許《みもと》ですがね。野口をとりおさえてから、マーケットのかれの住居を捜索《そうさく》したところ、女の持ち物や着物が現われたんですね。つまり、その手記にもあるとおり、野口が夏のはじめに、その女を駅の付近で拾ってかえった。そのとき女の持っていたものや、着ていたものが残っていたのだが、それによって、女の身許がはっきりしたんです。その女というのは、以前から全国に手配中の人物でね。中国地方へ入ったらしいという報告が、東京の警視庁から来ていたんだが、まさかそんなところに……」

「いったい、その女というのはどういう人物なんですか」

「葉山京子《はやまきょうこ》――といっても、これも本名かどうかわからないのだが、銀座《ぎんざ》のキャバレーかなんかの踊《おど》り子なんですが、パトロンだか恋人《こいびと》だかを射殺して、失踪《しっそう》していたんですね。それがはっきりわかったというのは、持ち物や着衣によったこともむろんですが、妙なことに、野口という男がとっておいたデス・マスクですね。こいつが役に立ったんです。死体はさっきもいったとおり、発見されたときには、相好の識別もつかぬくらい腐爛していたのだが、そのまえに野口がとったデス・マスク……これによって葉山京子に間違《まちが》いなしということになったんで」

耕助はそれをきくと、急にガリガリ、ガリガリ、むやみやたらと頭髪《とうはつ》を掻きまわしはじめた。その勢いがあまり猛烈だったので、フケは鵞毛《がもう》に似てとんで散乱した。さすがの磯川警部も辟易《へきえき》しながら、

「ど、どうしたんです。金田一さん、バカによく昂奮したもんですね」

「いやあ！　ジ、実に面白いですね。オ、面白いですとも。ソ、そうすると、その女は自分の正体を暴露《ばくろ》するために、デ、デス・マスクをとらせておいたようなものですね」

「そういえば、そうもいえますね。しかし、女にしちゃ、どうせ死んでいくのだから……」

「いや、ちょっと待ってください。それより、野口という男がつくった、もう一つのデス・マスクですがね。手記によると、それを東京のどこかへ送ったとありますがその送り先はわかりませんか」

「それなんですよ。実はそれがあるから、私はこの事件が、ただこうした地方都市の一

小事件では終わらないような気がするんです。野口は宛名を忘れたといってましたが、郵便局をしらべたところが、書留のうつしが残っていましてね。それによると、宛名は東京の川島夏代《かわしまなつよ》という婦人になっているんです」

「川島夏代……？」

　耕助は思わず眼をまるくした。

「川島夏代といえば、ひょっとすると、あの参議院議員の……？」

「そうなんです。私もはじめは同姓異人《どうせいいじん》ではないかと思っていたが、所番地もちゃんとあっているんです。いったい、マーケットの奥で死んだ女、殺人犯のキャバレーの踊り子と、あの有名な婦人とのあいだに、どのような関係があるのかと思ってね。それがなんとなく、無気味に感じられるゆえんなんですよ」

　耕助はしばらく呆然《ぼうぜん》として、遠いところを追うような眼つきをしていた。

　参議院議員で有名な女流教育家、川島女子学園の経営者で、婦人雑誌などの有力な寄稿家《きこうか》、手八丁《ちょう》口八丁といわれる女丈夫《じょじょうふ》。しかも姥桜《うばざくら》ながらも美貌《びぼう》と才気と、おまけに親譲《ゆず》りの莫大《ばくだい》な財産とで、天下にかくれもない独身主義者。……なるほど、磯川警部が怪しく心を躍《おど》らせるのも無理ではなかった。

「ところで……」

　耕助がふたたび口をひらいたのは、それからよほどたってからのことであった。

「野口という男ですがね。その男はどうしました。さっきのお話では、逃亡を企てたとか、自殺を計ったとかいう話でしたが……」

「ああそれはね」

警部は眉《まゆ》をひそめると、

「こいつ、警察の一大失態でしたよ、いよいよ精神鑑定ということになって、留置場から護送の途中《とちゅう》、刑事をつきとばして旭川《あさひがわ》へとびこんでしまったんです。こちらに油断もありました。もともとこの事件にわれわれははじめから、あまり重きをおいていなかったんです。まあ、いってみれば死体凌辱《りょうじょく》――変態性欲者の犯罪……と、そんなふうにみていたものだから、野口に対しても、あまり厳重な警戒《けいかい》はしていなかったんです。それがまずかったんですね。もっとも野口にしてみれば逃亡するつもりではなく、女のあとを追って自殺しようという肚《はら》だったんでしょうね。警察での取り調べに際しても、半分気がちがっていたようですし、橋の上からとびこむ際も、アケミさん、おれもいくというようなことを叫《さけ》んだそうだから」

「で結局、死体は……?」

「あがらずじまいでした。たぶん児島湾《こじまわん》に流されて、魚の餌食《えじき》になったのだろうといわれていますが……」

その日、金田一耕助が聞いた話は、だいたい以上のようなものであった。しかし、まえにもいったとおり、これらの話の中にこそ、後に起こったあの恐ろしい「死仮面殺人事件」の謎がかくされていたのである。

三人の異父姉妹

「先生、デス・マスクって、ほんとうに死んでからでないととれないものでしょうか」

美しい訪問客からだしぬけにこういう質問を切り出されたとき、正直な話、金田一耕助はドキリとした。

銀座裏の、俗に三角《さんかく》ビルと呼ばれている薄汚《うすぎたな》いビルディングの最上階、そこに金田一耕助の探偵《たんてい》事務所がある。しかし、この事務所たるや、およそ人間の執務《しつむ》する部屋という通念からは縁遠《えんどお》いしろもので、人もし金田一耕助なる人物の名声をきいて、はじめてこの事務所を訪れたなら、必ずや後悔《こうかい》と自責の念を禁じ得ないであろう。

それほど部屋のたたずまいというのが凄《すさま》じい。部屋というよりも巣といったほうが当たっているかもしれぬ。三角ビルという悪名を、そのままこの部屋に具象化させようと試みたかのごとく、みごとな三角形にチョン切られたこの部屋は、天井《てんじょう》も外側に向かって急角度に傾斜《けいしゃ》し、さながら表現派の舞台装置《ぶたいそうち》を見るようである。おまけに室内の乱然雑然たることは、筆紙にもつくしがたいほどで、さなきだに狭《せま》い部屋がいっそう狭く、辛《かろ》うじて主客二人が対座できる余地をのこして、他は一切書類、切り抜き、新聞の綴《と》じ込《こ》み、雑誌、書物の類で埋《う》めつくされ、ほとんど足の踏み場もない。

さらにはじめての依頼人《いらいにん》の後悔と自責の念をあおるのは、この部屋のあるじ、金田一耕助なる人物の風采だ。小柄で、貧相《ひんそう》で、雀《すずめ》の巣みたいなもじゃもじゃ頭、おまけに垢《あか》に薄《うす》よごれたよれよれの着物に袴というでたちだから、その人物から、

「ソ、ソ、ソ、そうです。ボ、ボ、ぼくがお訊ねの、キ、キ、金田一耕助ですよ」

と、吃《ども》り吃り名乗られたときには、だれでもきっと一度は、舌を嚙み切って死んでしまいたいと思うのである。

しかし、耕助は悠然《ゆうぜん》としている。かれはこの部屋だか巣だかわからぬような事務所に対して、なんの不平もないらしい。また、だれがなんといって忠告しようとも、頑として、垢に薄よごれたよれよれの着物に袴というでたちを改めようとはしない。そして依頼人あらば平然として応対し、まず最初の一瞥《いちべつ》によって相手を後悔と自責の念におとしいれながら、その後の働きによって、みごとに相手の信用(?)を裏切って、手際よく事件を解決してみせるのだから、この一風かわった探偵さんの名声は、ちかごろますます高くなるばかりである。

さて、それは十月なかば、金田一耕助があの中国地方の旅からかえって半月ほど後のことである。あらかじめの電話があって(この雀の巣にも電話だけはあるのである)やがて訪ねてきたのは二十六、七の、小ざっぱりとした洋装《ようそう》の美人であった。

婦人のデザインだの流行だのはよくわからない、しかし、その態度からして大体の身許は想像がつく。ひとめ見て女学校の先生と踏んだ。いずれにしてもこの雀の巣みたいな事務所には、ずいぶんいろんな種類の人間が出入りするが、こんな美しい婦人を迎え

たのはこれがはじめてだった。その婦人の口からだしぬけに、

「先生、デス・マスクって、ほんとうに死んでからでないととれないものでしょうか」

と、いう質問が切り出されたのだから、耕助がギョッとして、相手の顔を見直したのも無理ではない。

まえにもいったように耕助は、中国地方の旅からの帰途《きと》、岡山県の刑事課へ立ちよってそこで磯川警部から、同地で起こった不思議な死仮面事件を聞いてきていた。その事件はどうやら東京につながりを持っているらしいので、帰京したらついでの折りに、調査してみてくれまいかというのが、そのときの磯川警部の希望であった。

耕助も一風かわったこの事件に、なんとなく興味をひかれていたので、東京へ帰ったら、すぐにも調査に着手するつもりでいたところ、なにしろしばらく東京をはなれていたこととて、留守中にいろんな用事が山積《さんせき》していた。それでつい、磯川警部の依頼が気になりながらも、ほかの用事を片づけているうちに、いつか半月という時日がすぎて……そして今日、思いがけない訪問客から、思いがけない質問をうけたというわけである。

そこで文章をもう一度、最初の行にもどすことにする。

「先生、デス・マスクって、ほんとうに死んでからでないととれないものでしょうか」

美しい訪問客から、だしぬけにこういう質問を切り出されたとき、正直な話、金田一耕助はドキリとした。

耕助は思わず相手の顔を見直しながら、

「それは、どういう意味ですか。死に顔からとるからこそ、デス・マスクというのじゃありませんか。生きているうちにとったのじゃ、デス・マスクとはいえない……」

「それはそうですわね。これはあたしのいいかたがまずかったのだわ。つまり生きているうちにとって、それをデス・マスクらしく見せかけるということはできないものでしょうか」

いよいよ出《い》でて、いよいよ奇怪《きかい》な質問に耕助はさらに相手の顔を見直した。

「それはできないことはないでしょうね。いや、もしその必要があってやろうと思えば、いくらでもできることですね。しかし、なんだって、そんな質問をなさるんです。だれかが生きながら、デス・マスクをとったとおっしゃるのですか」

「いいえ、そこがはっきりしないんですの。それをはっきりしたいと思って、こうしてお願いにあがったのですが……先生、見てください、これなんですの」

女はデスクのうえにおいていた風呂敷《ふろしき》包みを解いた。風呂敷包みから出てきたのは白木の箱であった。女はそれを耕助のほうに押しやりながら、

「先生、その中を見てください」

耕助は女の口からデス・マスクという言葉をきいた刹那《せつな》から、妙な予感を持っていた。デス・マスクというような、あまりこの世に類例のない品物がそうあちらこちらで問題になるはずはない。ひょっとするとこれは、岡山の事件とつながりがあるのではなかろうか。……耕助はなんとなく心の騒ぐのを覚えたが、果たせるかな、かれの予感はあた

っていたのだ。

白木の箱の蓋《ふた》をとった瞬間《しゅんかん》、耕助はそこにあるデス・マスクが、岡山県の刑事課で、磯川警部から見せられた品物とまったく同じものであることを見てとった。あの野口慎吾と称する不思議な美術家の手記によると、山口アケミと名乗って死んだ女、そして、後に警察の調査によると、パトロンだか恋人だかを射殺して、全国に指名手配中だった葉山京子というキャバレーの踊り子のデス・マスク……現に耕助もこのデス・マスクの写真を持っているのである。

耕助はギョッとして息をのむと、さあらぬ態《てい》で女の名刺《めいし》を見直した。

上野里枝《うえのりえ》——

名刺にはただその四文字が刷ってあるきり。耕助は気を落ち着けるために、煙草《たばこ》を一本とりあげてゆっくりとくゆらした。

「いったい、このデス・マスクはどなたですか」

「妹ですの」

「妹さん？」

「ええ、山内君子《やまうちきみこ》といいますの」

また名前がちがっている。山口アケミから葉山京子、そしていままた山内君子といったいこのデス・マスクのぬしにはいくつ名前があるのだろう。

「そしてあなたは妹さんが、生きているのか死んでいるのか、ご存じないのですか」

「ええ、それがハッキリしないから不安なんですの」

「それじゃ、どうしてこのデス・マスクがあなたの手に入ったのですか」

「さる未知の方から、姉のところへ送ってまいりましたの」

「お姉さんというのは？」

「川島夏代といいます。ご存じですかどうですか、川島女子学園の……参議院に出ております……」

耕助は猛烈に煙草の煙を吐き出した。

「いや、お名前はよく存じ上げております。そうするとあなたは川島女史のご姉妹《きょうだい》になる人ですね」

「ええ」

「そして、苗字《みょうじ》は上野さんとおっしゃるんですね」

「ええ、そう……」

「そして、お妹さんは山内君子さん……ご姉妹三人とも、ちがった姓を名乗っていられるんですね」

「ええ、それは……」

里枝はボーッと瞼《まぶた》を染めた。そしていくらかきまり悪げに、

「姉妹といっても、みんな父がちがっているものですから……」

「あ、ナ、なるほど」

相手の気まずそうな顔色を見ると、耕助は気の毒さがさきに立って思わず吃った。

「ソ、ソ、そしてほかにご兄弟は……？」

「ありませんの。母は三度良人《おっと》……ええ、まあ、良人のようなものを持って、ひとりずつ女の子をもうけたのでございました。それが川島の姉と、わたくしと、妹の山内君子ですの」

何かしら複雑な陰影《いんえい》のありそうな里枝の口ぶりに、耕助の神経は次第に昂奮の度をたかめてくる。

がりがりがり、がりがりがり——

昂奮したときのそれがくせで、耕助は夢中で頭をかきまわしていた。

不幸な母

「先生、恥《はじ》を申さねばわかりません。こんなことさえ起こらなければ、だれにもこれは打ち明けたくないことなのです。ことに川島の姉はあのとおりの地位なり、身分なりですから、あたしがここへ来ることを、ひどくいやがっていたのでございますけれど、あたしなんだか心配で、心配で……何かいやなことが起こるのじゃないかと……いいえ、姉もやっぱり怖がっているのです。いえいえ、怖がっていることにかけてはあたし以上で、このデス・マスクが小包で送られてきたとき、あの気丈《きじょう》な姉が驚《おどろ》きのあまり卒倒《そっとう》したくらいですから……それで、無理に姉を説き伏《ふ》せて、今日あたしがこうしてお願いにあがったわけなのでございますけれど……それにはまず、あたしたち姉妹の事情からきいていただかねばなりませんわね」

こういう話をするときの婦人の常として、里枝はしどろもどろに口ごもりながら、それでも語りつづけていく事情というのは、だいたいつぎのとおりであった。

夏代、里枝、君子という三人の女を産んだ母なる人、加藤静子《かとうしずこ》というのは、その昔新橋《むかししんばし》の名妓《めいぎ》だったという。花柳名《かりゅうめい》を駒代《こまよ》といい、十六の年に一本になったが、そのとたん彼女は川島泰造《かわしまたいぞう》という大学生と猛烈な恋《こい》におちた。

川島泰造の母なる人、川島春子刀自《はることじ》というのは有名な女流教育家で、川島女子学園の創始者である。だから息子《むすこ》のこういう恋を許すはずはなく、二人は無残にひきさかれたが、そのとき、静子の駒代はすでに泰造のたねを宿していて、間もなくうまれたのが夏代である。

春子刀自は首尾よく息子を取りもどしたものの、それからいくばくもなくして泰造が流行性感冒《かんぼう》でなくなったので、それにはさすがに気丈な春子刀自もすっかり途方《とほう》にくれてしまった。泰造は一粒種《ひとつぶだね》の子供だったので、かれに死なれると、跡《あと》をつがせるものがないのである。

さあ、こうなると駒代の産んだ赤ん坊《ぼう》が、川島家にとって俄《にわ》かに重要な存在となってくる。そこで、まえにはあんなに邪慳《じゃけん》にひきさいた駒代から今度はまた赤ん坊をとりあげようと運動しはじめた。駒代はむろんその子をはなしたがらなかった。しかし、なんといっても勤めに出ている女の身ほど弱いものはない。おどしたり、すかしたりあるいは金を積まれたりで、結局赤ん坊は川島家にとりあげられた。夏代がまだ襁褓《むつき》のうちにいる間のことで、乳離《ちばな》れさえもしていなかった。

春子刀自はこの孫娘《まごむすめ》を、自分の思うとおりに教育した。その教育が功を奏して、夏代はあっぱれ女流教育家として生長し、祖母なきのちは、自ら川島女子学園の経営に当たっている。それが現在の川島夏代女史なのである。

さて、一方初恋に破れ、娘を失った静子の駒代はどうしたかというと、彼女はしだいに捨て鉢《ばち》になっていった。こういう社会には珍《めずら》しくない悲劇である。しかし珍しくないからといって、本人の不幸は決して軽いものではない。駒代は酒を呷《あお》り、片っ端《ぱし》から男を喰《く》いあらした。そのころの駒代の男喰いというのは有名なものだったそうである。

そういう荒《あら》っぽい生活がたたって、駒代の容色はしだいにすさんでくる。ひところは新橋でも一流をうたわれていた駒代も、いつまでもその盛名《せいめい》を維持《いじ》していることはできなかった。三十に手がとどきそうになったころ、彼女《かのじょ》は神楽坂《かぐらざか》へ住みかえた。そこで彼女は二度目の恋をした。相手は中学校の教師で、上野なにがしという中年者だった。上野にはちゃんと妻子のあることを知りながら、駒代はしだいに深みへはまっていった。

そしてまた男のたねを宿して産んだのが里枝であった。

この恋もまた不幸な結果となって、駒代の人生をいよいよすさんだほうへ導いた。結局二人は別れなければならなくなり、うまれた里枝は上野の細君にひきとられた。

駒代は三度住みかえて、今度は浅草《あさくさ》から出ることになった。駒代はずいぶん沢山《たくさん》の男を知っていたけれど、自分のほうから打ちこんでいったのは二人である。しかも、二度ともその恋に失敗した駒代は、もうもう男に惚《ほ》れるのはご免《めん》だといいながら、うまれつき惚れっぽくできているのか、その土地でまた新しい恋人ができた。

男は山内一夫《やまうちかずお》といって自分より七つも年下で、色の白い、おとなしそうな青年だった。職業は銀行員というふれこみだった。静子の駒代はこの男のためにずいぶん苦労をしたあげく、それでもとうとう足を洗って馬道《うまみち》の裏長屋に所帯を持つことができた。そこでうまれたのがすなわち山内君子で、そのとき男は二十七、静子は三十四だった。

静子も今度こそは身を固めて、堅気《かたぎ》な生活を送るつもりだったのだが不幸はどこまでも彼女についてまわって離《はな》れなかった。ある日、警官が踏《ふ》み込んで良人の一夫をつれていった。

そのときになって静子ははじめて知ったのだが銀行員とはまっかないつわり、良人の一夫はかなり有名なスリだったそうで、それが仲間の出入りから、相手を刺《さ》し殺したところから、急にことが大きくなったのである。幼いときから花柳界にそだって、世間の事情にうとい静子は、そのような見えすいた嘘《うそ》にも、まんまといままで騙《だま》されていたのだ。

一夫は何年かの刑《けい》に処せられたが、元来、あまり丈夫《じょうぶ》な体質でなかった彼は、刑務所のなかで血を吐いて死んだ。

幼い君子をかかえて静子はまたかせがねばならなくなった。それから十数年、静子は血みどろになって生活とたたかった。どうせ女の、それも花柳界以外に世間を知らぬ静子のことだから、稼《かせ》ぎというのがどういう種類のものであったか想像ができよう。四十女の小皺《こじわ》をかくして、静子は紅白粉《べにおしろい》にうきみをやつさなければならなかった。

そうこうしているうちに、君子もどうやら小学校を卒業した。十五の年に彼女は浅草のレビュー小屋に入って、踊り子生活のスタートを切った。こうして数年、母と娘の共稼ぎで、どうやら口を糊《のり》していたが、そこへまた不幸な事態が降ってわいた。

母の静子が中風《ちゅうぶう》で腰《こし》が立たなくなったのである。原因は酒毒だというが、あるいはもっとたちの悪い病気のせいだったかもしれない。娘の君子は母に似て、美しい娘だったが、どちらかというと、内気で、沈《しず》んだ性質なので、とても自分の細腕《ほそうで》で病気の母を養っていくような甲斐性《かいしょう》はなかった。

母と娘はこうしてまた、人生の暗礁《あんしょう》に乗りあげたが、そのとき静子が思い出したのは、自分の腹をいためた娘で、いまは世にときめいている川島夏代のことである。

実をいうと、静子はいままでにも二、三度夏代に無心をふっかけたことがある。夏代も自分の出生にからまる秘密を知っており、そこは教育家という体面上、外聞をはばかって、無心をされるたびにいくらかの仕送りをしていたが、その仕打ちにはまったく温か味というものが欠けていた。いやでいやでたまらないが、うっかりこんなことが世間へ知れると……と、そういう懸念《けねん》に、渋面《じゅうめん》つくっている娘の顔が眼《め》に見えるようであった。そこには親子の情愛というものが微塵もなかった。

これが静子を怒《おこ》らせたのだ。娘からそういう冷たい態度を見せられるたびに、二度ともう頭を下げて来るものかと、静子は心の中でいきまくのが常だった。がしかし、いまこうして自分が生ける屍《しかばね》みたいな体になってみると、そうも意地は張っていられなかった。彼女は久しぶりに夏代にあてて手紙を書いたのである。

「さて、話がたいへん長くなりましたが、ここであたし自身のことをお話ししておかねばなりません」

長話につかれたのか、里枝は美しい頰《ほお》をボーッとそめながら、それでも語りつづけるのである。

「あたしの父はまえにも申しましたとおり、しがない中学校の教師でしたが、継母《けいぼ》という人がたいへんしっかりした人で、あたしのような境遇《きょうぐう》のものには、身に職をつけておかねばならないと、ひととおりの教育を授けてくださいました。そして、あたしが女子専門を出た年に、父が亡くなったものですから、もうこれ以上のお世話はできない、あなたには立派なお姉さまがあるのだから、そこへいって身のふりかたを相談していらっしゃいと、手紙を書いて川島の姉のところへあたしをやったのでございます。川島の姉のことは、父が母からきいていたとみえ、それにまた継母も知っており、あたしもまえからときどき噂はきいておりましたが、会うのはそのときがはじめてでした。川島の姉もはじめはたいそう驚いたらしいのですが、継母の手紙を読むと観念したらしいのでございます。その手紙にどんなことが書いてあったか存じませんが、ひょっとすると、もし姉に薄情《はくじょう》な態度でもあったら、こちらにも考えがある……と、多少脅迫《きょうはく》めいたことが書いてあったのではございますまいか。そういう点では、姉はたいへん弱い人でして……つまり教育家という立場から、極度に醜聞《しゅうぶん》を恐《おそ》れるのでございますわね。そこであたしは姉にひきとられることになり、幸い女学校の先生の免状《めんじょう》を持っていたものですから、姉の学校のお手伝いをすることになりました。しかし、それには条件があって、自分たちが異父姉妹であることを、絶対に人に知られてはならぬというのでございます。姉としてはこれはまことに無理もない注文ですし、あたしとしても別に異存はなく、その後ずっと忠実に、その言葉を守りつづけて、まあ、遠い親戚《しんせき》のはしくれということにして世間を取りつくろって、姉といっしょに暮《く》らしてきたのでございます。しかし、そうしていっしょに暮らしていると、そこはなんといっても血をわけた姉妹のことですから、姉もだんだん、あたしを信用するようになり、他人には話しにくいことでもあたしには打ち明ける。つまりあたしは秘書のような立場になっていたのですが、そこへ来たのが、思いがけない生母からの手紙でございました」

そこまで語ると、里枝は何を思い出したのか、椅子《いす》のなかでかすかに身をふるわせるのである。

窓から覗《のぞ》く顔

「ねえ、先生、あたし偽善者《ぎぜんしゃ》にはなりたくありませんから、ありていに申しあげますが、川島の姉からその手紙を見せられて、相談をうけたときには、まったく途方にくれてしまいましたわ。母はその手紙で、自分たちを引きとってくれ。さもなくば……と、姉のいちばん怖《おそ》れていることをほのめかしているのでございます」

里枝はほっと溜息《ためいき》をついた。

耕助も無言のままかるく頷《うなず》く。夏代や里枝の当惑《とうわく》は、耕助にもよくわかるような気がする。母といい、娘といっても、生まれたときに別れては、それらしい感情を抱《いだ》きあうのに、お互《たが》いに困難を感ずるのは無理もない。ことにそういう生活をしてきた母とあっては、なるべく世間からかくしておきたいと思うのは当然だろう。耕助は川島女史の立場に同情せずにはいられなかった。

「あたしもまえに一度、継母から母のことをきいたことがありまして、そのとき娘らしい愚《おろ》かな感傷から、むやみに生母が懐《なつ》かしくなり、一度そっと会いにいったことがございます。母が馬道に住《に》んでいたころのことでしたが、近所で評判をきいているうちに、あまりのあさましさに逃げてかえったこともあるのです。そういう人が自分の母であったかと思うと、あまりの情けなさに、泣いて泣いて泣き明かしたのでございました。それ以来、自分には生母はないものと、固く心にきめていたくらいですもの、姉がその手紙に当惑したのも無理はないと同情しました」

「なるほど、結局どうなすったのですか」

「どうもこうもございません。相手はちゃんと姉のそういう弱みを知っているのですもの。言い分を通さずにはおきません。姉としてはどこかへ別に住まわせて、月々の仕送りをするというくらいで辛抱《しんぼう》してもらいたかったらしく、あたしが仲へ入ってずいぶんたびたび交渉《こうしょう》したのですけれど、母はどうしても承知しません。もし自分のいうことをきいてくれなければ新聞記者に話をすると……それが母の奥《おく》の手でした」

「それで結局、川島女史はお母さんと、妹さんを引きとられたのですか」

「ええ、それよりほかに仕方がございませんもの。ただし、いっしょには住むが、決して親子である、姉妹であるということを、奉公人《ほうこうにん》はじめ、世間のだれにも知られてはならぬという条件でしたが、これは案外あっさり母のほうでも承知しました。こうして母と、その母の胎内《たいない》からうまれた父を異にする三人の姉妹が、同じ家に起きふしすることになったのでございました」

なるほど、奇妙《きみょう》な同居生活だ。これがもっと他の職業の人、他の地位の人物ならともかく、教育家という体面上、川島女史がこの同居生活にいかに迷惑《めいわく》を感じたか察するにあまりがある。

「それで、同居生活はうまくいかなかったのですね」

「うまくいくはずがございませんわ。母と姉、姉と妹とでは、すっかり教養がちがうのですもの」

里枝はいくらかヒステリックに、甲高《かんだか》い声で耕助の言葉をさえぎると、

「しかも、母ははじめから、うまくいかないことを承知のうえで転げこんできたのです。母にしてはそれは姉に対する復讐《ふくしゅう》だったのでしょう。いえいえ、姉ばかりではありません。姉やあたしや、またあたしたちの父に対する復讐の気持ちも手伝っていたのでしょう。嫌《きら》われている、邪魔者《じゃまもの》にされているということを承知のうえで乗り込《こ》んできて……まったくそれは地獄《じごく》のような生活でした、可哀《かわい》そうに姉は半年もたたぬうちにげっそりやつれてしまったくらいです」

里枝も暗然たる顔色である。耕助はしばらくあとの言葉を待ったが、なかなか出そうにないので促すように、

「いや、それでだいたいの事情はわかりましたが、さて、妹さんのことですがねえ、君子さんというのがどうかなすったのですか」

「はあ、あの、失礼いたしました。実はそのことでございまして……」

里枝はあわててハンカチで口のあたりを拭《ふ》きながら、

「考えてみると君子がいちばん可哀そうでございました。いい忘れましたが、姉はご存じのとおり独身主義者でございます。それで継嗣《あとつぎ》がないものですから、祖母の春子刀自のいとこだかにあたる人の孫を引きとって養子にしているのでございます。圭介《けいすけ》さんと

いって今年二十六になります。姉にしてみると、母には手をやいておりますが、妹の君子に罪はないわけですし、それになんといっても血をわけた妹のことですから、いっしょに住むようになると情愛が出たものらしく、ゆくゆくは圭介さんと夫婦にして、川島の跡をつがせたい、と、そう思っていたらしいのでございます。それだけに姉の君子に対する躾《しつけ》はきびしゅうございました。どうかすると、君子を裸《はだか》にして、鞭《むち》でうつようなことさえございました」

「それはしかし……」

と、耕助は思わず眉をひそめて、

「少し手きびし過ぎやあしませんか」

「はあ、あの……あたしもそう思いました。しかし、姉という人は、生涯《しょうがい》独身で通してまいり、そろそろ更年期《こうねんき》という年ごろですから、心理的に、いくらかそういう残酷《ざんこく》なことを好む――と、いうのじゃありませんが、そういう傾向《けいこう》にあるのではないかと思いますの。いえ、あのこんなことを申して、決して姉を傷つけるつもりは毛頭ございませんけれど……」

「いやあ、なるほど、そういう傾向はあるかもしれませんね」

固い禁欲生活から、いくらか変質者的な傾向を帯びてきている、中年の女流教育家を想像すると耕助はなんとなく哀《あわ》れなような、そしてまた同時に不快な感じを払拭《ふっしょく》することができなかった。

「はあ、あの、それに、君子のほうにもいたらぬところがございまして……なにしろ、いままでの生活が生活ですから、固苦しい川島の生活にはなかなか馴染《なじ》めなくて……そ
れでつい、姉の鞭をふるう機会も多かったというわけでした」

「お母さんはしかし、それを黙《だま》って見ていられるのですか」

「はあ、あの、母はなにしろ中風で、腰が立たないものですから、起きているときも一日じゅう、車椅子からはなれることはございません。姉が君子を折檻《せっかん》するときは、その母になるべくわからぬようにしていたものですから……それに君子という娘《こ》が感心な娘で、姉にどんなひどいことをされても、母につげぐちなどしない娘でした。幼いときから踏みにじられ、いためつけられて大きくなったあの娘は、何事にも辛抱づよく、泪《なみだ》を眼にためながらもじっと我慢《がまん》をしているというふうでした。しかし、母はやっぱりそのことを知っていたかもしれません。知っていても、黙ってなりゆきを見ているというふうでした。自分の母をこういうのはなんですが、母はまるで妖婆《ようば》のようになって、いつかあたしたちに手ひどい打撃《だげき》をあたえてやろうと、爪《つめ》をといで、じっと機会を待っている……と、そういうふうにしか見られません。ええ、まったく、昔が美しかった人だけに、いっそうそれが物すごく……姉もあたしもそれをどんなに怖れているかわかりませんの」

「それで、君子さんはどうしましたか」

里枝の話がともすれば、横道へそれそうになるので、耕助は幾度《いくど》か注意をしてやらな

ければならなかった。里枝は頰を染めながら、

「あら、失礼、あたしとしたことがとりとめもないことばかりお話しして……ええ、君子もはじめのうちはじっと歯を喰いしばって我慢をしていました。それはもうあまりの哀れさに見ているさえハラハラするようでした。しかし、姉の折檻はいよいよ募《つの》るばかりだし、それに、あの娘としては、結局固苦しい川島の生活に耐《た》えられなかったのでございましょう。とうとう家出をしてしまって……」

「家出……？　それはいつごろのことですか」

「今年の三月ごろのことでした」

銀座のキャバレーで葉山京子と名乗る女が、男を射殺して姿をかくしたのは四月のことである。してみると川島家をとび出した君子は、葉山京子と名前をかえて、キャバレーの踊り子になっていたのだろう。

「それで、お宅では君子さんの行方《ゆくえ》を捜索しなかったのですか」

「それはむろん、捜《さが》しました。しかし、姉の身分として公然と捜索するわけにはまいりません。心安い人を頼《たの》んで内々探していたのですが、そういう手温《てぬる》いやりかたではらちが明かず、ついこのあいだまで行方がわからなかったのです。ところが……」

「ところが……？」

「九月の中ごろのことでした。岡山のほうの全然未知の人から送ってきたのがそのデス・マスクなのでした。君子が失踪してから、姉もさすがに後悔したのか、めっきり体

が弱りまして、寝《ね》たり起きたりしていたのですが、そこへこのデス・マスクですから、姉はひと眼それを見ると、キャッと叫《さけ》んで卒倒してしまって……」

耕助は無言のまま、じっと里枝の話をきいている。何かしらえたいの知れぬ薄気味悪《うすきみわる》さが、惻々《そくそく》として迫《せま》ってくる感じである。

「なるほど、それで君子さんがまだ生きているかもしれないとおっしゃるのは……？」

「いえ、はじめはそんなこと夢《ゆめ》にも考えませんでした。君子はきっと中国地方のその土地で死んだのであろう。そして、公然とその通知が出しにくい事情があったので、人に頼んで自分のデス・マスクを送らせたのであろう……そんなふうに考えて、母には内緒《ないしょ》で、その日を命日にしてひそかに回向《えこう》をしてやりました。ところが……。

ところが、つい二、三日前の夜のことでした。姉がまた体を悪くしまして、寝室《しんしつ》に臥《ふ》せっておりましたので、あたしがそばで本を読んであげていました。すると姉が急にベッドから跳《と》び起きたのでございます。あたしびっくりして、どうしたのかと訊《たず》ねましたが、姉は口もきけないで、ただもうブルブルふるえながら窓のほうを指さしているのでございます。あたしもぎょっとしてそのほうを振《ふ》り返りましたが、ああ、そのときのあたしの驚き！　いっぺんに髪《かみ》の毛がまっしろになるような気がしました。なぜといって、暗い窓の外から、ぴったり窓ガラスに顔をくっつけてなかを覗《のぞ》いているのは、まぎれもなく君子ではございませんか。しかも、それがこの世のものとも思えない、蒼白《あおじろ》い、生気のない顔色……まるで幽霊《ゆうれい》のようでございました。あたしもあまりの恐《おそ》ろしさに、キャッと叫んで姉にしがみついてしまったのでございます」

耕助はいよいよ猛烈に煙草の煙を吐《は》き出した。何かしら妙《みょう》なもの、気違《きちが》いめいた悪《わる》企《だく》みがそこにある……。

「それじゃ、あなたはそのものの正体をよく確かめようとなさらなかったのですか」

「どうしてそんなことができましょう。先生はそうおっしゃいますけれど、あたしはもう怖くて怖くて……それでもよほど経《た》ってから顔をあげてみますと、もう、窓から怪しい姿は消えていました。あたしは怖々《こわごわ》窓のそばへよって、そっと外を覗いてみましたが、別に怪しい影《かげ》も見えません。それではあたしの気のせいだろうかと、ベッドのほうを振り返ってみますと、姉はいつの間にやら気を失って……」

そのとき耕助がふと口をはさんだ。

「川島女史という人は、そんなにショックを受けやすい人なのですか」

「いえ、ふだんの姉はいたって気丈夫なほうですが、君子のことになると、妙に刺激《しげき》を受けるようです。たぶん、自分の仕打ちがひどかったと後悔しているからでございましょう。ところが、話はまだおしまいではございませんので。あたしがびっくりして姉を介抱《かいほう》しておりますと、そのときまた、母の部屋からただならぬ悲鳴がきこえてきたのでございます。それであたしがびっくりして姉をそのままにして駆《か》けつけますと、まだ車椅子に坐《すわ》っていた母が、まるで怒った禿鷹《はげたか》のようにいきり立っているのでございます。あたしがどうしたのかと訊ねると、母は凄じい形相《ぎょうそう》であたしを睨《にら》んで、こんなことを申すのでございます。わたしは見た。いまこの窓の外から君子が怨《うら》めしげな顔をして覗いているのを見た。ああ、あの顔色、あの眼つき……あれは君子ではない。君子の幽霊だ。君子はもうこの世に生きていないのだ。あの娘はきっと殺されたのだ。そして君子を殺したのはおまえたち、夏代とおまえと、それからあの圭介という男もぐるかもしれない。きっときっと、おまえたちがよってたかって、君子をどこかで殺したにちがいない……」

そういって母は節くれ立った細い指を、あたしの鼻先につきつけるのでございました」

跛の男

川島女子学園は、小《お》田急沿線《だきゅう》、砧村《きぬた》にあり、二万坪《つぼ》にある広大な敷地《しきち》に、白壁《しらかべ》の校舎がうつくしい弧《こ》を空にえがいている。

校舎をとりまいて、花壇《かだん》や、テニス・コート、バスケット・ボールの競技場、綜合《そうごう》運動場、それから、武蔵野《むさしの》の面影《おもかげ》を、そのままにとどめた雑木林《ぞうきばやし》、それらがほどよく配置されて、いかにも近代的な女子教育の殿堂《でんどう》らしく、高貴で、純潔で、同時にまた、清新潑剌《はつらつ》の気に溢《あふ》れている。

校舎の正面、大玄関《だいげんかん》のまえには、この学園の創始者、川島春子女史の胸像が、大きなコンクリートの台にのっかり、校庭に戯《たわむ》れる生徒たちの純潔を見守っているかのようである。

川島女子学園は、以前は女学部と、専門部とのふたつにわかれていたが、新しい学年制になってからは、中学部と高等部のふたつになり、さらにちかく、新制大学部をおこうと、目下着々と準備をすすめている。

さて、それは秋もようやくふけた十月二十三日の夕方のこと。

授業も終わって、がらんとした校庭の一隅《いちぐう》のテニス・コートで、数名の女学生が嬉々《きき》として戯れていた。釣瓶《つるべ》おとしといわれる秋の夕日が、雑木林の向こうに、大きな朱盆《しゅぼん》のようにかかって、校舎も校庭も、錦《にしき》のようにもえあがっている。

人影《ひとかげ》もたえて、静かな校庭のなかに、生徒たちの打つ球の音が、さわやかにひびきわたり、おりおり、起こる拍手《はくしゅ》と歓声は、だれかがファイン・プレーを演じたのであろう。しっとりとした、秋の夕方のさわやかな感触《かんしょく》。――すべてが、平和で、楽しげで、そしてまた、落ち着きのある静かさで覆《おお》われていた。

――と、このときである。かさこそと落ち葉を踏んで、忽然《こつぜん》として雑木林のなかから出てきた男がある。

まったくそれは、忽然という言葉が、いちばんふさわしいような現われかただった。堆《うずたか》くつもった落ち葉のなかから、ふいに躍り出したように、だれの眼にも触《ふ》れず、だれにも気づかれずに、まるで黄昏《たそがれ》どきのもの の怪《け》のように……。

その男は跛《びっこ》であった。なんの木かは知らないが、太い瘤《こぶ》のあるステッキをつき、左脚《あし》をひきずるようにひょこひょこ歩く。悪いのは脚ばかりではなく、腰のどこかに故障があるらしく、ひとあしごとに、がくんがくんとお臀《しり》がゆれる。

くちゃくちゃに、型のくずれたお釜帽《かまぼう》をかぶっていた。お釜帽の下から、もじゃもじゃとした蓬髪《ほうはつ》がはみ出していた。黒眼鏡《くろめがね》、無精《ぶしよう》ヒゲ、垢《あか》にまみれて、すりきれて、ところどころ継《つ》ぎのあたった洋服、パクパクと、歩くたびに口のひらくボロボロの単靴《たんぐつ》。――何もかもが、うさん臭《くさ》い匂《にお》いにみちている。黒眼鏡の奥では、どこか狂信者《きようしんしや》のように見える眼が、無気味《ぶきみ》にギラギラ光っている。

その男は雑木林を出ると、いかにも呼吸《いき》切れがするように、しばらくステッキによりかかって、あたりの景色《けしき》を見まわしていたが、やがてテニス・コートに眼をとめると、ひょこひょこと、そのほうへ歩き出した。斜《なな》めにおちる秋の夕日に、ものの怪のような長い影をひきずりながら……。

「こんにちは――」

ベンチに腰をおろして、友人たちのゲームにカウントをとっていた三人の少女は、だしぬけにうしろから声をかけられて、何気なくふりかえったが、

「キャッ!」

思わず声が唇《くちびる》をついて出たのである。三人ともベンチからとびあがって、猛獣《もうじゆう》におそわれた羊のようにひとかたまりになった。ゲームをしていた少女たちも、友人の叫び声に、ラケットを握《にぎ》った手をとめてこちらを見たがこれまた、バラバラとベンチのそばに駆けつけると、友人たちとひとかたまりになった。

「何かご用……？」

いちばん勇敢《ゆうかん》な少女が、グループを代表して訊ねると、

「ええ、あの、実は……」

低い濁《にご》った、不快な耳触《みみざわ》りのする声だ。黒眼鏡の奥で気ちがいめいた瞳《ひとみ》がギラギラ光る。

「川島先生のお住まいは、この学校のなかにあるとききましたが……」

それだけいうと、男はペロリと、舌で唇をなめまわした。なんとなく、野獣《やじゅう》めいた感じである。

少女たちはゾクッとしたように顔を見合わせる。

「川島先生て、校長先生のことなの？」

「へえ、さようで……川島夏代先生で……」

「校長先生のお宅なら、この学校の裏側よ。ほらあの校舎……」

と、グループを代表した少女は、夕日に真っ赤にいろどられた校舎を指さしながら、

「あの校舎をぐるっと廻《まわ》っていくと、寄宿舎があるわ、その寄宿舎の向こう側……」

「ああ、そう。……いや、ありがとう」

男はかるく会釈《えしゃく》をすると、くるりと少女たちに背をむけた。

「あ、ちょっと待って……」

少女のひとりが声をかける。

「え？　何かご用……？」

男は怪訝《けげん》そうにふりかえった。

「ええ、ちょっと……あなた、校長先生に何かご用がおありなの？」

男はだまって、少女たちの顔を見廻《みまわ》していたが、やがてニヤリと、気味の悪い微笑《びしよう》をもらすと、

「うん、用があるんです。川島先生に用があるんです。川島夏代先生に、大事な、大事な用事があるんです」

それから男は、咽喉《のど》をひらいて、あっはっはとひくく笑った。そしてもういちどあの狂信者のような眼で、ギラギラと少女たちを見廻すと、くるりと背をむけ、ひょっこり、ひょっこりと、お臀をふりながら歩き出した。

「ああ跛……」

少女たちははじめてそれに気がついた。だれかが思わずそう叫ぶと、

「何を！」

その男が素速くふりかえった。黒眼鏡の奥で、あの無気味な瞳が、ギラギラと兇暴《きようぼう》な光をおびてくる。

「いえ、あの、なんでもありませんのよ。どうも失礼いたしました」

グループの代表者が、お辞儀《じぎ》をすると、男はふふんと鼻を鳴らして、またひょこりひょこりと歩き出した。

　少女たちはその姿が、校舎の向こうに見えなくなるまで、無言のまま見送っていたが、やがて、ほっとしたように顔を見合わせた。

「なんでしょう、あのひと……」

「気味の悪い人ね」

「黒田《くろだ》さんが、跛！　と、叫んだでしょう。そしたらビクッとふりかえったわね。あのときの怖《こわ》かったこと。……」

「ステッキを握った手がブルブルふるえていたわね。あたし、いまにも、あのステッキをふりあげて、とびかかってくるのじゃないかと、ゾッとしたわ」

「ごめんなさい。あたしあんなことをいうつもりじゃなかったんですけど、つい、口をついて出てしまったんですもの」

「いいのよ、いいのよ、だれだってびっくりするわ。あたしだって、あの無気味な顔つきのうえに、跛だってわかったときには、思わず叫びそうになったわ」

「大きな鼻だったわね、それに蠟《ろう》をぬったようにテラテラ光って……」

　だれかが無邪気《むじゃき》な声でそんなことをいったので、少女たちは思わずわっと笑い出した。箸《はし》がころげてもおかしがるその年ごろの娘たちは、ああいう気味の悪い思いをしたあとでも、おかしいものはやはりおかしいのだった。

「いやな人、徳山《とくやま》さんたら……」

「だって、ほんとに大きな鼻だったわよ。おまけに途中《とちゅう》でまがっていて、こんなふうじゃなかった？」

お茶目の徳山という少女が、自分の鼻をつまんでみせたので、少女たちはまた、わっと笑いころげた。

そうして、ひとしきり笑いはしゃぐと、やがてグループの代表が、俄かに仔細《しさい》らしい顔色になって、

「でも、いまのひとね、校長先生になんの用があるんでしょう」

「なんだか、大事な、大事な用事があるといってたわねえ」

「いやに、念を押《お》してたじゃないの。あたし、なんだか気味が悪くて……」

「校長先生、ちかごろお体のぐあいがお悪いのでしょう。あんな気味の悪いひとに、お会わせしたくないわね」

「ほんとにそうよ。どうせろくな用事じゃないにきまってますもの」

「それにしても、校長先生、どうなすったのでしょうねえ。ちかごろ、めっきりおやつれになって、ひどくお元気がないわねえ」

「あたし、ひょっとすると、あれが原因じゃないかと思うの」

「あれって？」

「ほら、校長先生のところへちかごろ変なお婆《ばあ》さんが来ているでしょう、いざりみたいなひと……」

「そうそう、いつも車椅子に乗っている……ずいぶん、気味の悪いお婆さんね。なんだ

か妖婆みたいな感じ……」

「ええ、そう、あのひとが校長先生の悩《なや》みの種じゃないかと思うの。あたしの邪推《じゃすい》かもしれないけれど……」

「そういえば、あのお婆さんといっしょにいたお嬢《じょう》さんね。あのひとはどうしたんでしょう」

「君子さんでしょう。春ごろから、姿が見えなくなったわね。校長先生のご健康が、すぐれなくなったのは、あの時分からのことよ」

「あのひとたち、校長先生と、いったい、どういう関係があるんでしょう」

「さあ……」

　顔を見合わせた少女たちの瞳には、あきらかに困惑《こんわく》のいろがあった。

　家庭の秘事というものは、とかく外へもれやすいものである、少女たちも、あの車椅子に乗った老婆と、校長先生の関係をうすうす知っているのかもしれない。しかし、それを口に出すことははばからなければならなかった。

　少女たちはそこでシーンとだまりこんでしまった。

　陽《ひ》はもうすっかり、武蔵野のかなたに落ちて、雀色《すずめいろ》の黄昏が、ようやく濃《こ》くなりまさっていく……。

ゆらめく蠟燭《ろうそく》

跛の男を見たものは、テニス・コートの一群ばかりではなかった。

あれから少し後のこと、寄宿舎の窓から、ぼんやり外を眺《なが》めていた一人の少女が見つけて、同室の友人三名にそれをつげた。三人もすぐ窓際に駆けつけてきて、その男が、校長先生の住まいのほうへ、ひょこりひょこり歩いていくのを見た。

相手もそれに気がついたのか、少しいってからひょいとこちらをふりかえり、少女たちの姿を見つけると、そこに立ち止まって、しばらく窓のほうを睨んでいた。いや、黒眼鏡をかけているので、眼つきまではわからなかったけれど、全身から発散する、一種無気味な妖気《ようき》から、少女たちは本能的に、ただならぬものを感じたのである。

こうして、しばらく跛の男と、窓際の少女たちは、無言のまま、無気味な睨みあいをつづけていたが、やがて、跛の男は、ひょいと肩《かた》をゆすると寄宿舎の角を曲がって、校長先生の住まいのほうへ姿を消した。

「まあ、あれ、なんでしょう」

「気味の悪いひとね」

ここでも、その男の持つ無気味な雰囲気《ふんいき》が問題になった。

「ちょっと、向こうへいってみましょう。まだ、そのへんにいるかもしれなくってよ」

部屋《へや》を出て、廊下《ろうか》を横切り、向かいの部屋へとびこむと、

「まあ、どうしたのよ。だしぬけに……びっくりするじゃないの」

ただひとり、机に向かって勉強していた少女が、顔をあげて、なじるようにいった。

「へんなひとがいるのよ。ちょっとこの窓を貸して」

「へんなひとって……」

勉強していた少女も、窓のそばへよってきた。

「しっ、顔を出しちゃだめよ。向こうに見られちゃいけないの、あ、やっぱりいてよ」

そこからは、校長先生の住まいの裏口が、木《こ》の間越《まご》しに見下ろされた。跛の男は木立を楯《たて》にとるようにして、じっとその裏口を見つめている。いよいよ、濃くなってきた黄昏のいろが、無気味な男の周囲にはいよってくる。

「変ねえ。校長先生のお宅をねらっているのでしょうか」

「泥棒《どろぼう》かもしれないわ」

「いやだわ。あたし、怖くなってきたわ」

跛の男はしばらく、木陰《こかげ》にたたずんでいたが、やがて、ソワソワあたりを見廻すと、ひょこりひょこりと、黄昏のうすくらがりのなかに姿を消した。

そのあとでふと顔を見合わせた五人の少女は、気味悪そうに肩をすくめて、

「ねえ、このまま黙っててもいいかしら。舎監《しゃかん》先生にお話ししておかなくてもいい？」

「やっぱり申し上げておいたほうがいいと思うわ。なにか変なことがあると、申しわけ

がありませんもの」

「みんなで、舎監先生にご報告にいきましょうよ。そして、古屋《ふるや》先生から、校長先生へ通じていただくといいわ」

それから間もなく、生徒たちから報告をきいた古屋舎監は驚いて、生徒たちといっしょに、校長先生のもとへ赴《おもむ》いた。

川島邸《てい》は、校舎のすぐうしろにある、和洋折衷《せっちゅう》の、しっとりと落ち着いた建物で、武蔵野の雑木林をそのままに取り入れた庭のつくりが、素朴《そぼく》で、しかもゆたかな風趣《ふうしゅ》を見せている。

裏口から一同がどやどやと入っていくと、秘書の上野里枝が不思議そうな顔をして出てきた。古屋舎監が、生徒から聞いた話をすると、里枝も眉《まゆ》をひそめて、

「まあ、いやあねえ。そのひと、ほんとにこの家をうかがっていたの？」

「ええ、そうです。向こうの木陰にからだをかくすようにして……ねえ、そうだったわねえ」

「ええ、先生、間違《まちが》いございません。あのひとたしかに、この家をねらっているんですわ」

生徒たちが口々に、さっきの出来事を話しているところへ、奥から出てきたのは、夏代の養子の圭介だった。

圭介は今年二十六、背の高い、眉の美しい好男子で、そのスマートな人柄《ひとがら》は、生徒た

ちの憧《あこが》れの的になっていた。圭介も川島女子学園で、英語の教師をしているのである。

「上野先生、どうかしたんですか。生徒たちが何か間違いを起こしたんですか」

圭介も不思議そうに眉をひそめて、里枝から古屋舎監、それから生徒たちの顔を見渡《みわた》した。皮膚《ひふ》のうすい、静脈の透《す》けて見えそうな体質は、いかにも脾弱《ひよわ》い感じだが、事実、あまり健康なほうではなく、そのせいか、なんとなく暗いかげがつきまとっている。生徒たちにとっては、また、それがひとつの魅力《みりょく》となっているのだった。

「いいえ、そうではございませんの。生徒たちが変な男を見たといって、報《し》らせてくれましたの」

里枝が生徒の話を取りつぐと、圭介はいよいよ眉をひそめて、

「それじゃ、いちどそのへんを調べてみましょう。校長先生がご病気のおりですから、変なことがあってはなりません。皆《みな》さんも手伝ってください」

圭介は自らさきに立って外へ出た。一同もそのあとにつづいて、手分けして、家の内外を調べてみたが、べつに怪《あや》しい姿も見えず、どこにも変わったところはなかった。

そのうちに、あたりが暗くなってきたので、とにかく、今夜は戸締《とじ》まりに気をつけましょうということになって、圭介と里枝は生徒たちをかえした。

これが夕方の六時半ごろのことである。

里枝も圭介も、なんとなく心安からぬ面持ちだったが、

「上野先生、このことは校長先生のお耳に入れないほうがいいかもしれませんよ。校長

先生はそうでなくても、ちかごろ神経がたかぶっていらっしゃるようですから」

と、いう古屋舎監の忠告により、二人とも当分黙っていることにした。

だから、夏代はこのことを、少しも知っていなかったのだが、川島家のなかにもうひとり、この小さな出来事を知っているものがあった。

それは車椅子に坐っている、母の静子である。

終日、車椅子に坐っている静子は、ヒステリー性の女の常として、異常に聴覚《ちょうかく》が発達している。彼女はその聴覚に全神経を集めて、いつも、家のなかに起こる出来事に、じっと耳をすましているのである。

静子はさっき、変な男が、屋敷《やしき》の外をうろついているのを見た。それからまた、圭介や里枝が、古屋舎監や生徒たちといっしょに、うろうろとそのへんを探しているのも知っていた。

しかし、彼女はそれについて、一言も聞こうとはしなかった。彼女はいつもそうである。黙ってなりゆきを見守っているのである。そして、何事かを、心のなかで組み立てているのである。沈黙《ちんもく》の妖婆のように……。

その夜遅《おそ》く、静子は車椅子に坐ったまま、じっと何事かを考えていた。腰の立たない彼女は、だれかに手伝ってもらわなければ、ベッドのなかへもぐりこむことができない。それを手伝うのは、里枝の役目だったが、今夜は里枝がわすれたのか、いまもって手伝いに来てくれない。

呼鈴《よびりん》を鳴らせば、里枝か女中が来てくれるはずだが、意地の悪い彼女は、そうしようとはしないで、いつまでも車椅子に坐っている。そして、里枝がやっと思い出してやってくると、さんざん毒舌を浴びせるのである。

その晩、里枝はほんとうに忘れてしまったらしく、十二時になっても、手伝いに来なかった。静子はまるで、車椅子につくりつけられた奇妙な人形のように、眼動《まじろ》ぎもしないで坐っている。ところが十二時半ごろのことである。

何を思ったのか、静子の眼が、急にいきいきとかがやいた。車椅子の腕《うで》をつかんだ両手に、俄かに力が入ったかと思うと、彼女はぎゅっとからだを乗り出した。そして、全身の神経を耳に集めて、何かをさぐり出そうとするように、呼吸《いき》をころしていたが、やがて両手で車椅子の両輪をまわしはじめた。

馴《な》れているので、彼女の車椅子のあつかいかたは、かなり巧妙《こうみよう》である。部屋を出て、長い廊下をゴロゴロ椅子をころがしていくと、突《つ》き当たりに地下室へおりる階段がある。

そこまで来ると、静子は少し車椅子を横にずらせて、廊下についている、ほの暗い電《でん》灯《とう》の光を避《さ》けるようにした。

そして、ふかぶかと車椅子に身をよせたまま、じっと地下室の気配に耳をかたむけている。

静かである、なんの物音もしない、しかし、鋭敏《えいびん》な静子の耳には、何かがきこえるらしく、呼吸がしだいに荒くなってくる。

やがて、どこかで、ギーッと重いドアのしまる音がした。やっぱり地下室である。静子の眼が、急にギロリとあやしく光った。暗がりのなかから身を乗り出して妖婆のような静子はじっと階段のほうを見下ろしている。

洞穴《ほらあな》のように、ポッカリとあいた地下室の階段。――その底から、ふと、ひとすじの光がさした。その光はどうやら蠟燭《ろうそく》らしく、ゆらゆらとゆれながら、しずかに階段をあがってくる。

それを見ている静子の眼は、まるで豹《ひょう》のような残忍《ざんにん》さでかがやいていた。

蠟燭の灯は、はげしくふるえながら、一歩一歩階段をのぼってくる。

やがて、その光のなかにほの白い顔がうき出してきた。

それは川島夏代だった。西洋風の白い肌着《はだぎ》を着た夏代の顔は、まるで、幽霊のように真《ま》っ蒼《さお》だった……。

妖婆の悲憤《ひふん》

夏代はいまにも倒《たお》れそうな、おぼつかない足どりで、手すりにすがりながら、階段を昇《のぼ》りつめた。ふと、彼女はなにか人の気配を感じとって足をとめた。

蠟燭のゆらめく光をかざしてみると、蔽《おお》いかぶさるような暗黒を背景にして、大きな蟇《がま》がいまにも跳びかからんばかりにうずくまっていた。その眼はらんらんと輝《かがや》いて、夏代を射すくめ、彼女の足もとを凍《こお》りつかせた。それは車椅子にのった母親の静子だった。

「何をしに、地下室に降りた？」

　静子の声は低かったが、夏代の胸にぐさと突き刺さるほど、冷たくてするどかった。

夏代は不意を襲《おそ》われたにもかかわらず、気力を振るいおこして、弱みを見せるものかと力《りき》んだ。

「いえ、ちょっと用事がありましたの。おかあ様には関係ありませんわ」

　一刻も早くこの場を切り抜けようと、わざと突っけんどんに答えた。

「関係は大《おお》有りじゃ。わたしの君子をどこに隠《かく》したのじゃ、君子を出しておくれ！」

と、ふしくれだった細い指先をつきつけた。

　夏代はこの妖婆のすさまじい見幕《けんまく》にたじたじとなったが、それよりも彼女はもっと気がかりなことがあった。しかし、いまは目のまえの攻撃をかわさなくてはならない。彼女は蒼白《そうはく》な顔をひきつらせて、懸命《けんめい》に釈明につとめた。

「まあ、なんてことを！　おかあ様、邪推もいい加減になさいませ。それよりもこんな真夜中に、お部屋の外に出ていらっしゃるとおからだにさわります。どうぞお引き取りになって下さい。さあ、わたしが車椅子を押してさしあげましょう」

「そういう親切ごかしはやめて頂戴《ちょうだい》。それより君子はどうしたんじゃ。まさか、この地下室にとじこめているんじゃなかろうね？」

　鷹《たか》のようなまなざしは、夏代をとらえて離さず、嘘をつかれてなるものかと、にらみつけている。

「いえ、いえ、とんでもない誤解です。ちょっとさがし物をしていただけなんですから」

「いい加減なことを言うものじゃない。もし、君子を隠していないというのなら、もう、君子はこの世のものじゃないのだ。数日まえにあらわれた君子をおまえも見たはずだが、あれは君子の幽霊じゃ。おまえたちの殺した君子が、おまえのところに怨みをいいに来たのじゃ。わたしのところにはそれを訴えに来たのじゃ。そうでないというのなら、君子をいまここに連れて来ておくれ」

夏代は居丈高《いたけだか》な静子のものごしに、思わず日ごろの冷静さを失ってしまった。

「それほど、わたしをお疑いなら申しあげますが、君子は三月に家出しました。わたしも八方手をつくして行方を捜させましたが、なんの手がかりもございませんでした。決してわたしや里枝が腹をあわせて、家出したと言いつくろっているわけではございません。

その証拠《しょうこ》にはこの九月の中ごろ、岡山から君子のデス・マスク――ご存じでしょうが、ひとが亡くなったとき、その顔の形を石膏《せっこう》でうつしとったものでございます。そのデス・マスクが突然《とつぜん》見知らぬ方から送ってまいりました。どなたが、どんな事情でそういうことをなさったのか分かりませんが、それは君子に生き写しでございました。そうすると君子がおそらく岡山で亡くなったのは、たしかだとしか思えません」

それを聞くと静子はぶるぶると慄《ふる》えて、ますますいきりたった。

「そんな恐ろしいことを、どうしていままで隠していたんだね。さあ、早くそのデス・マスクとやらを見せておくれ。まさか、まさか、君子が死ぬなんて！」

先ほど殺したのはおまえたちだと罵《ののし》ったことも忘れて、君子の死にまつわる証拠を見たがった。

「これまではおしらせしないほうがいいと思いましたが、わたしが隠したとか、殺したとか、お疑いになるのでしたら、その証拠の品をお目にかけましょう」

夏代もふだんのよそ行きの顔をかなぐり捨てて、女の闘争心《とうそうしん》を剝《む》き出しにして、足音荒《あら》く立ち去った。

自分の部屋へ戻《もど》った静子が、いまやおそしと待ちかまえていると、そっと扉《とびら》を叩いて夏代があらわれた。手にはきれで包んだものをかかげている。

「まあ、これが？」

さっそく静子は手を伸《の》ばした。その手を遮《さえぎ》るようにして、夏代はいったん手許《てもと》の包みをひっこめて、おもむろに開けていく。幾重《いくえ》にも包まれたものが、とうとう灯の下にあらわれた。それはまぎれもなく君子のデス・マスクだった。

「おお、君子だ。あの君子の顔だ！」

静子は突然、それを奪《うば》い取って、ためつすがめつ眺めていたが、悲しみよりも先に怒《いか》りの焰《ほのお》が噴《ふ》きあげた。

「おまえはこれがどこからか届けて来たといったようじゃが、どこにその証拠がある？　おまえたちがよってたかっていびり殺した末に、死んだ者の顔型《かおがた》をとるとは、まあ、なんとむごいことを！」

らんらんとした眼を光らせた静子は、おさえきれなくなって夏代につかみかかった。夏代は何をされるか分からない静子の興奮を、思わず防ごうとしたはずみに、デス・マスクを払《はら》い落とした。

ガタッと音がした途端《とたん》、その石膏は粉微塵《こなみじん》に砕《くだ》けてしまっていた。

校長の惨死《ざんし》

静子と夏代が争ってデス・マスクを砕いてしまった翌日の明け方のことである。川島女子学園の寄宿舎では、まだ生徒たちが深い眠《ねむ》りの底に沈《しず》んでいた。ただひとつの窓だけが開いて、さわやかな顔だちの少女の顔がのぞいた。いかにも秋の明け方にふさわしい少女だった。

彼女は白井澄子《しらいすみこ》。幼いころにこの学園の校長の夏代に拾われて、新制高校の三年になるこの年まで養育されてきた。

澄子は夏代を、このすぐれた女流教育家をこの上もなく崇拝《すうはい》していた。

澄子は毎朝の習慣で、寄宿舎の向こう側にある川島邸に向かって、朝の挨拶《あいさつ》を送った。

師であり親である夏代に対して、深い感謝の念をこめて、「おはようございます」といった。

澄子は今朝《けさ》に限って、向こうに見える夏代の寝室の鎧扉《よろいど》が開けてあるのに気づいた。いつもは閉め切ってあるのにと、不審《ふしん》に思ってじっと見詰《みつ》めていると、灯りがともった。しかもほとんど窓いっぱいに大きな影が映《うつ》った。それからお釜帽をかぶった男の横顔まで映った。

澄子はその異様な光景に思わず身体《からだ》がすくんだ。それでいて根がしっかりしている彼女は、一般《いっぱん》の少女のように、ただ悲鳴をあげたり、顔をそむけたりなどしなかった。

「あっ、あのお釜帽の男は？」

あの影はたしか昨日の夕方、どこからともなくあらわれて、川島邸をうかがっていた男にちがいない。その男はお釜帽をかぶり、黒眼鏡をかけ、跛をひいていた。勉強をしていたとき、友だちからその男の無気味なことをしらされたので、舎監の古屋先生や、秘書の上野里枝にもそのことを伝えた。校長先生の養子の圭介先生も顔を出したので、先生も生徒も手分けして行方をさがしたが、とうとう探しあてられなかったのだ。

その男がいま校長先生のお部屋にいる！

澄子は不吉《ふきつ》な予感におそわれて、すぐさま行動をおこした。まず古屋舎監の扉を叩いた。

「先生！　古屋先生。起きてください！」

手短かにわけを話すと、古屋舎監も自分ひとりでは処置しかねた。秘書の里枝と圭介先生も起こして手伝ってもらうことにした。

みんなは寝間着《ねまき》姿だったが、一塊《ひとかたまり》になって夏代の部屋へ急いだ。

「先生、先生！　起きていらっしゃいますか？　大丈夫ですか」

いくら扉を叩いても、なかは静まり返っている。みんな不安といらだちを隠しきれなかったが、あいにく女性三人に男は圭介一人だけである。

「仕方がない。扉を破ってみよう！」

圭介はそういうと、身構えて思いきり扉にぶつかっていった。何度か突進《とっしん》をくり返しているうちに、ようやく扉の一部がこわれた。

とびこんだ部屋のなかにはひとけがなかった。あの無気味な男の姿は忽然と消えうせていたのだ。みんなを起こしているうちに、すばやく逃亡《とうぼう》したのだろうか。それにしてもあの男は、校長先生の部屋で何をしていたのだろう。

女性たちはさすがに遠慮《えんりょ》していたが、圭介は寝室の隅《すみ》にしつらえたベッドに近づいた。

「あっ、校長が！」

圭介の大きな声に、みんなはぎくりとした。

夏代は見るも無残な姿で死んでいた。両眼をかっと見開き、手は毛布のはしをひき裂《さ》かんばかりに握っている。しかもその死体の上には君子のデス・マスクが気味悪くのっている。

　ふだん微笑をたやさず、そして美しかった校長先生の形相は、むごたらしく変わり果てていた。その凄惨《せいさん》な死にざまは、末期《まつご》の恐怖《きょうふ》と怨めしさを遺憾《いかん》なく表現していた。古屋舎監はともかく、圭介、里枝、澄子の三人は、死体から目を背《そむ》けて、それぞれの感慨《かんがい》に圧倒《あっとう》されていた。

　だれの目にも、もうすっかりこと切れているとしか思えなかったので、警察に通報しなくてはということに一決した。

　それにしても気味悪いのは、死者の胸の上におかれた君子のデス・マスクだった。夏代と静子が争った際、デス・マスクは粉微塵にこわれた。それを知っているものは、いま目の前にあるのが、別のものだと気づくはずである。

　デス・マスクが川島家に届けられてから、その経緯《いきさつ》をよく知っているのは里枝だが、やはり里枝がいちばん先に気づいた。

「あら、これは岡山から送ってきたのとはちがうわ！」

　目ざとく前のものとの違《ちが》いを見抜《みぬ》いた里枝のことばに、圭介も驚《おどろ》きの表情を見せた。

　例のお釜帽をかぶった侵入者《しんにゅうしゃ》は、新しいデス・マスクを携《たずさ》えており、これ見よがしに死者の胸にのせたのだから、君子にからんでの復讐《ふくしゅう》をとげたというあかしなのであろうか。

　それからの川島家は上を下への大混乱の渦《うず》に見舞《みま》われた。著名な女流教育家の異様な殺戮《さつりく》図絵は、たちまち記者たちに洩《も》れて、報道陣《じん》が殺到《さっとう》した。

学園関係者のだれもが記者たちにつかまって、遠慮会釈のない質問や追及があちこちに展開された。するどいジャーナリズムの触手《しょくしゅ》は、いままでだれもが足を踏《ふ》み入れなかった聖域を、土足で汚《よご》しはじめるのに、なにほどの時間もかからなかった。

謎《なぞ》の美術家

川島夏代が恐ろしい死に方をしてから、今日でもう一週間になる。

眼《め》まぐるしかった、この一週間をふりかえると、白井澄子はまるで夢のような気がするのだ。

なにしろ夏代の地位が地位だから、警察の緊張《きんちょう》もひとしおで、新聞でもデカデカと大きく事件をあつかった。

川島家としては、できうべくんば、単純な強盗《ごうとう》による殺傷事件というふうに、カモフラージュしてもらいたかったのだけれど、鋭《するど》い捜査《そうさ》陣《じん》や、詮索《せんさく》好きな新聞記者の眼は、なかなか欺《あざむ》ききれなかった。

夏代がひたがくしにかくしていた、醜《みに》くい家庭内のいざこざが、つぎからつぎへと暴露《ばくろ》されて、それが教育家という身分だけに、いっそう世間の好奇《こうき》心《しん》をあおったかたちになって、新聞は連日、この事件で賑《にぎ》わった。

澄子には、この無慈悲《むじひ》な世間の眼が悲しかった。

澄子にとっては、川島夏代は必ずしも聖母のような存在ではなかった。

夏代は独身主義者にありがちな、相当ヒステリー性の強い女で、機嫌《きげん》のとりにくいご主人であった。見栄坊《みえぼう》で、世間態《てい》をとりつくろうことばかりに気をとられて、そのためには義理だの、人情だのを相当犠牲《ぎせい》にしてもかまわぬというような女だった。それはまあ、しかし、女流教育家としての立場上、やむ得ぬとしても、澄子が我慢《がまん》できなかったのは夏代が恐ろしくケチであったことだ。夏代が金を吝《おし》むことは、ほとんど病的といってもいいくらいで、そのために、里枝や圭介なども、どのくらい苦労したか知れなかった。

しかし、それにもかかわらず澄子にとっては、夏代はやっぱり懐《なつ》かしい人だったのだ。幼いころに拾われて、新制高校の三年になるこの年まで、養育されてきた恩義ということをはなれても、澄子は夏代が好きだった。いや、憧れていたのだ。

もっとも、夏代に憧れていたのは、澄子に限ったことではない。川島女子学園に籍《せき》をおくほどの少女なら、ひとりとして、夏代を敬慕《けいぼ》しないものはなかったであろう。

夏代は美しく、気高《けだか》く、教養にとんでいた。生徒たちのまえでは、いつ、いかなる場合でも微笑を忘れたことはなかった。生徒たちは、この美しい校長先生から声をかけられることを無上の光栄とし、そして、声をかけられると、どうしてよいかわからぬ感激《かんげき》に、胸をふるわせ、顔をあからめ、オドオドするのだった。

その校長先生に、自分は養われている身である。——そのことを澄子はどのように誇《ほこ》りに感じていたことだろう。

その校長先生の美しい仮面が、ラッキョウの皮をむくように、新聞紙上で一皮ずつむかれていく。……澄子はそれをどのように残酷《ざんこく》に感じ、胸を傷《いた》ましめたことだろう。

新聞がもっとも残酷な興味をもって書き立てたのは、車椅子《くるまいす》の静子と、夏代、里枝、君子の三姉妹の関係だった。

わけてもこの春、銀座のキャバレーで人を殺して失踪《しっそう》した、葉山京子という女が、実は夏代の異父妹君子であり、その君子は岡山市のマーケットの奥《おく》で、窮死《きゅうし》したという事実は、もっとも人の好奇心をそそる要素をもっているらしく、どの新聞でもデカデカと書き立てた。

何が彼女《かのじょ》をそうさせたか

女流教育家の無情の鞭《むち》

などというような、煽情的《せんじょうてき》な見出しのもとに、君子が家出した当時の夏代の狂態《きょうたい》などをデカデカと書き立て、嘘《うそ》かまことか、これが君子を責めさいなんだ鞭であるとて、恐ろしい馬鞭《ばべん》の写真をかかげている新聞もあった。

どうして世間はこのように、他人の秘事に興味をもつのだろう。――澄子はそれを心外に感じたが、しかし、新聞がこの事件で、岡山で窮死した君子に、もっとも多くの興味をよせたのも無理はないのだ。

そこには、奇怪《きかい》な死仮面という要素――まるで、探偵《たんてい》小説にでも出てきそうな奇妙《きみょう》な因縁《いんねん》がからんでいるのだ。

絞殺《こうさつ》された夏代の胸には、岡山で死んだはずの君子の死仮面がおいてあった。その死仮面は、君子が死亡した当時、奇怪な美術家によって送られてきた、死仮面とはちがっているのである。

してみれば、その死仮面は、犯人によってもたらされたものにちがいない。だが、犯人はなんだって、君子の死仮面を夏代の胸のうえにおいていったのか。それから考えられることは、復讐ということよりほかにはない。つまり犯人は、君子のための復讐として、夏代を殺したのだ。そして、仇敵《きゅうてき》の首級を、愛するものの墓前に供えるように、君子の死仮面を仇敵の死屍《しかばね》のうえにおいていったのだ。

こう考えてくると、犯人もおのずから分明《ぶんめい》になってくる。君子をかくまで愛し、君子のためなら殺人もあえて辞せぬ人物——それは、かの狂的な野口慎吾という奇怪な美術家をおいて、ほかにないのではないか。

もっとも、野口慎吾という名前が、捜査線上に大きくうかびあがってきたのは金田一耕助の助言のせいである。

耕助は里枝の依頼《いらい》で、かねてから死仮面事件の捜査にあたっていたのだが、そこへ起こったのが夏代殺害事件である。耕助は驚いて捜査本部へ出頭すると、自分の知っている事実をのべ、協力を申し出たのである。

このことから、俄然《がぜん》、怪画家《かいがか》、野口慎吾の名前が、大きくクローズ・アップされてきた。

ひょっとすると、夏代が殺害される前後に少女たちが目撃《もくげき》したという、あの怪しげな跛《びっこ》の男こそ、野口慎吾ではあるまいか……。

野口慎吾は岡山の中央マーケットにおける死体冒瀆《ぼうとく》事件でいったん捕《と》らえられたが、精神鑑定《かんてい》をうけに行く途中刑事をつきとばし、旭川《あさひがわ》へとびこんでそれっきり行方《ゆくえ》が知れなくなっている。

あるいは海へ流されて、鱶《ふか》の餌食《えじき》になったのではあるまいかといわれていたが、それはただ臆測《おくそく》だけのことで、かれが死んだという確証はどこにもない。

ひょっとすると、たくみに生きのび、しかし、河へとびこんだとき脚をどうかして、びっこになって再生したのではあるまいか。

そうなのだ。

野口慎吾を犯人とすれば、何もかもの辻褄《つじつま》があう。

夏代の死体のうえにおいてあった死仮面は慎吾がつくったものなのだ。かれ以外に、あのような死仮面を所持しているものがあろうとは思えぬ。

そこで、捜査の鋒先《ほこさき》は俄然、岡山へむけられた。そして、改めて、野口慎吾なる人物の前身が洗われることになった。ところが、これがまた実に茫漠《ぼうばく》としてさっぱりわからないのであった。

野口慎吾が、マーケットの権利を買って、美術店をはじめたのは、七月のはじめごろだったという。それまで、かれがどこにいたのか、また、何をしていたのかだれひとり知っているものはなかった。

そして、あの死体冒瀆事件が発覚して警察の手にとらえられたのは、九月半ばのことであった。

ところで、野口が警察の手によって取り調べられた際、書き誌《しる》した告白書によると、かれが山口アケミという女を拾ってかえったのは、夏のはじめごろであり、以来三か月の同棲《どうせい》生活をつづけていたという。してみると、かれはまるで山口アケミという女と同棲生活をいとなむためにマーケットの権利を買ったみたいな結果になっているのである。

それのみならず、マーケットのなかの隣《となり》近所のひとたちの噂《うわさ》によると、野口はそこに店を持っているあいだ、よく店を閉ざしていなくなることがあった。二日も三日もかえらぬことがあった。

なにしろ、つきあいの悪い男だから、だれもそれについて聞いてみようとしなかったし、また、野口のほうからも、語ろうとはしなかった。

いったい、かれはああもしばしば、うちをあけて、どこへ行っていたのだろう。いや、それにもまして不思議なのは、野口の留守中、山口アケミという女はどうしていたのか。何を食って生きていたのか。

むろん、野口が家を出るまえ、食料品を用意しておいてやったのかもしれない。しかし、なんといっても、腐敗《ふはい》しやすい夏のことである、煮《に》たきしたものをおいていくわけにはいかなかったであろう。と、すれば当然、アケミ自身が炊事《すいじ》しなければならぬはずだが、だれひとりとして、彼女のすがたを見たものはなかった。水道は共同栓《せん》で、近所数軒《すうけん》でつかっているのに――。

こういう事実から照らしあわせて、野口の手記はもういちど、検討しなおさなければならぬように思われる。ひょっとするとあの手記は、全面的に、鵜呑《うの》みにするわけにはいかないのではないか。そこには、多分の作為《さくい》と、虚構《きょこう》があるのではないか。

しかし、いっぽう、野口慎吾の美術店から、女の腐爛《ふらん》死体が現われたことは事実であるし、また、美術店の隣にあるライター屋のおかみさんの言によると、だいぶまえから、だれか女がいるらしいことに気がついていたという。

こういう事実を綜合《そうごう》すると、結局、どういうことになるか。

なにがなにやら、サッパリわけがわからぬ――と、いうことになり、そこにこの事件の怪奇《かいき》さがあるのだった。

白井澄子は、これらの事実を新聞で読んだ。そして彼女はこういう事実の底から、なにものかを汲《く》みとろうとするかのように、シーンと思いしずむのである。

影《かげ》の秘密

「ああ、ちょっと、白井さん」

寄宿舎のなかにある澄子の部屋へ、川島家の婆やが顔をのぞかせた。

「はあ」

ぼんやりと窓から外を見ながら、物思いにふけっていた澄子は、びっくりしたようにうしろをふりかえった。

「婆やさん、なにかご用？」

「ええ、上野先生がお呼びです。ちょっとご本宅のほうへおいでください」

「ああ、そう」

澄子はいそいで窓のそばからはなれると、

「いま、すぐいきます。でも、婆やさん、上野先生、なんのご用かしら」

「さあ……」

婆やさんはちょっと小首をかしげたが、

「いま、お客様が来ていらっしゃいますのよ。ひょっとすると、ご用というのはそのお客様のことではありませんかしら」

「お客様ってどんなかた。また、警察のひとじゃない？」

このあいだから連日のように、警察官からきびしい取り調べをうけてきた澄子は、警官に対して、一種の強迫《きょうはく》観念をいだいていた。チラと不安な眼つきをしてそう訊《たず》ねると、

「いいえ、警察のかたではありません。なんだか変な名前のひと……」

「変な名前のひと？」

「ええ、そう、あれ、なんといったっけ。キンダイチ……そうそう、金田一耕助とかいうひとですよ」

むろん、澄子はそんな名前の記憶《きおく》はなかった。彼女はなんとなく不安な気持ちだったが、でも、すぐ思いなおして、

「ええ、じゃ、とにかく、すぐ伺いますって、そうおっしゃってちょうだい」

婆やをかえしたあと、小ザッパリと身じまいをして、本宅のほうへ出向いていくと、応接室で上野里枝と、夏代の養子の圭介が、ひとりの男と話をしているところだった。

澄子がドアのところで、無言のままお辞儀《じぎ》をすると、

「ああ、白井さん、ちょっとこっちへ来てちょうだい。金田一さん、こちらが姉の可愛《かわい》がっていた白井澄子さん、白井さん、こちらは金田一耕助さんといって、有名な私立探偵のかたなのよ」

澄子は思わず眼をみはって、相手の顔を見直したが、すぐ、ボーッと頬《ほお》をあからめてうつむいてしまった。

澄子の眼には金田一耕助という男のすがたが、いかにも変梃《へんてこ》にうつったのである。有名な私立探偵——およそ、そういう概念《がいねん》からかけはなれているのが、この金田一耕助という人物であった。

どこにこれといって取り柄《え》のない、小柄《こがら》で、貧相な男で、頭のうえには、雀の巣《す》みたいな、もじゃもじゃとした蓬髪《ほうはつ》をおいている。そして垢《あか》じんだ袷《あわせ》に、よれよれの袴《はかま》——

どうみたところで、三百代言の書生くらいにしかみえぬ。しかも、里枝がふたりを紹介《しょうかい》すると、

「や、や、こ、こ、これは……ぼ、ぼ、ぼく、き、き、金田一耕助です」

と、吃《ども》り吃り挨拶すると、がりがりがりと五本の指で頭のうえの雀の巣をかきまわし、それからあはははとバカみたいに笑ったのだから、これが果たして、そんなに偉《えら》い私立探偵なのだろうかと、澄子は心細くならざるを得なかった。

それでも素直に、

「あたし、白井澄子です。何かご用でございましょうか」

と、頭をさげて一同の顔を見廻《みまわ》すと、

「ええ、金田一さんが、あなたにお訊ねしたいことがあるとおっしゃるの。知っていることなら、なんでもこたえてあげてちょうだいね。あたしたち、学校のほうに用事がありますから、ちょっと失礼いたします。白井さん、あなた、お相手してあげてね」

上野里枝と圭介が出ていくと、金田一耕助は澄子のほうへ向きなおって、

「白井さんとおっしゃいましたね。あの朝、川島先生がお亡くなりになった朝、先生のお部屋の窓に、怪しい影のうつっているのをご覧になったのはあなたでしたね」

「はあ……」

「そのときのことについて、もう少し詳《くわ》しくお話し願えませんか」

「はあ」

澄子はちょっと躊躇《ちゅうちょ》したのち、それでも、あの朝目撃した事実を、要領よく語ってきかせた。

耕助は黙《だま》ってそれをきいていたが、

「なるほど、なるほど、するとその影はほとんど窓いっぱいの大きな影だったというんですね。そして、お釜帽《かまぼう》をかぶった男の横顔……」

「そうなのです。けれど、それについてあたし、不思議でならないことがございますの」

「不思議でならないこと……？　それはどういうことですか」

澄子はちょっとためらったが、

「あの……そのことはちょっと口では申し上げられません」

「口ではいえないというと……？」

「先生のあのお部屋へいけば、うまく説明できると思うのですけれど……」

金田一耕助はまじまじと澄子の顔を見つめていたが、やがてにこにこ笑うと、

「ああ、そう、じゃ、いってみましょう。なに、構いませんよ。上野先生から、どこでも勝手に調べてくれというおゆるしを得ているんですからね。では、さ、いきましょう」

夏代の殺された寝室《しんしつ》は、あれ以来、ピッタリと閉ざされて、警官以外に出入りするものはなかったが、金田一耕助は里枝から鍵《かぎ》をあずかっているとみえて、自らドアをひら

いて中へ入っていった。

窓には鎧扉がしまっており、しめきった部屋は薄暗《うすぐら》く陰気《いんき》だった。

澄子はあの朝のことを思い出して、恐《おそ》ろしそうに身をすくめていたが、

「あの……窓の鎧扉をひらいても構いませんか」

と、低声でたずねた。

「さあさあ、どうぞ、あなたのお好きなように」

澄子はだまって窓の鎧扉をひらくと、さっと、明るい外光がながれこんできた。澄子は改めて、その窓にカーテンをおろすと、

「このカーテンですの。あの奇妙な影がうつっていたのは……あたし、それが不思議で仕方がないんですの」

耕助は妙な顔をして、

「どうしてですか。このカーテンに影がうつっていたのが、どうして……」

はっとしたように息をのむと、大きく眼をみはった。

澄子はその顔を見るとかすかにほほえんで、

「ああ、あなたにはわかっていただけましたのね。そうなのですわ。このお部屋の光源といえば、天井《てんじょう》にブラ下がっている電気と、先生のベッドの枕下《まくらもと》に、そなえつけになっているチューブ・ランプのほかにはひとつもございませんわね。それだのに、どうしてあのカーテンに、あんな大きな影がうつったのでしょう。この部屋のどの位置に立って

みても、天井の電気と、枕下のチューブ・ランプでは、あんなにうまく、窓いっぱいの影となってうつることは不可能なのですわ」

金田一耕助はがりがりがり、がりがりがりと、むやみやたらに頭の髪《かみ》の毛をかきまわした。それが昂奮《こうふん》したときの、この男のくせなのだ。

「な、な、なるほど。そ、そ、それは妙ですな。で、それについてのあなたのお考えは……?」

「あたし、そのことについて、ずいぶん考えてみました。どういう位置にひとが立って、どういうところに光源があったら、ああいうふうな影がうつるだろうと……ちょうど、あたしのお部屋にも、これと同じ大きさの窓があるものですからいろいろ験《ため》してみましたの。そうしますと、ほら、ドアのわきに小卓がございますわね。あのうえに懐中《かいちゅう》電灯かなんかおいて、それから三尺ほどはなれたところに立つ……そうしないかぎり、絶対にあのような影のうつらないことに気がついたのです」

「な、な、なるほど、それで……」

「いえ、それだけなんですわ。あたしの発見というのは。……でも、それ、妙だとはお思いにならないでしょうか。あんなところへ、窓のほうへ向けて懐中電灯をおき、それから三尺はなれたところに立っている……まるで、わざと窓のカーテンに、自分の影をうつそうとするように……それにもうひとつ、あたしが不思議でならないのは、先生は窓の鎧扉をおしめにならないと眠れないかたです。げんに、あのまえの晩も、ちゃんと鎧扉はしまっていました。それをなぜ開いたのでしょう。先生が、お開けになるはずはございませんから、犯人が開いたとしか思えません。犯人はなぜ、わざわざ鎧扉をひらいたのでしょう。それはまるで……」

「まるで、自分の影を、カーテンにうつして、あなたに見せようとしていた……と、いうのではありませんか」

澄子はおびえたような眼をして、金田一耕助の顔を見ていたが、やがて、無言のままこっくりとうなずいた。

床《ゆか》の疵跡《きずあと》

「なるほど、なかなか鋭い観察ですな。しかし、すると、どういうことになりますか。犯人はなんだって、あなたに影を見せておく必要があったのです」

それに対して澄子はなにかいおうとしたが急におびえたように、

「いいえ。わかりません。ただ、あたしは、それが不思議でならないものですから……」

「白井さん」

耕助は、じっと澄子の顔を見て、

「あなたは毎日、あの時刻に、窓から外をのぞく習慣があるのですか」

「はい」

澄子はキッパリと、

「あちら、……寄宿舎のほうへうつってから、それが習慣みたいになってしまって……いつも自分の部屋の窓から、この部屋の窓へむかって、心ひそかに朝のご挨拶を申し上げるくせがついてしまって……」

耕助はこのあわれな孤児《こじ》の純情を、いじらしいものに思わずにいられなかった。

「いや、よくわかりました。あなたがいまのこと……あの影のことについて、どのような疑いをいだいているのかわかりませんが、なお、そこのところ、よく研究してみましょう。ところで、今度はひとつ、地下室へご案内を願いたいのですがね」

「はあ」

澄子は低声でこたえて、

「では、どうぞ……」

階段をおりて、地下室のほうへいくには、どうしても静子の部屋のまえを通らねばならない。静子の部屋はピッタリとドアがしまっていたが、なかからゴトゴトと、車椅子をゆする音がきこえるところをみると、静子は起きていて、何か考えごとをしているらしかった。

澄子は身をつぼめるようにして、その部屋のまえを通りぬけた。

地下室は二室になっていて、燃料や漬物樽《つけものだる》その他さまざまながらくた道具がつめこんであったが、さすがにあるじの教養を思わせるように、きちんと片づいていた。

耕助はあたりを見廻すと、

「この地下室は最近、塗《ぬ》りかえたのですね」

と、澄子をふりかえった。

「はあ、この春、浸水《しんすい》したことがございましたので、全体に厚く塗りなおしたんですの」

「春というと……？」

「三月ごろでしたかしら」

「三月というと、君子さんが失踪した当時のことですね」

澄子はぎょっとしたように、耕助の顔を見直したが、

「はあ……でも……」

「いや、別にいまの質問に意味はないのですよ。しかし、川島夏代先生が、君子さんを折檻《せっかん》していらっしゃったというのは、この地下室のことでしょう」

澄子はそれをきくと、また、ドキッとしたように耕助の顔を見たが、

「あたし、存じません。そんなこと……みなさん、いろんなことをおっしゃいますけれど……先生が君子さんを、鞭でうっていたなんて……よしんば、それがほんとうだとしても、それにはそれだけの理由があるはずだと存じますわ。先生は自堕落《じだらく》なのが、いちばん嫌《きら》いなかたでしたから……」

「ああ、いや、いいんです。いいんです。ただ、ちょっと聞いてみただけなんです」

耕助はこの地下室から、いったい、何をさがし出そうとするのか、しきりにうろうろ、ほっつきまわっている。澄子はぼんやりそのすがたを見ていたが、やがて思い出したように、

「金田一さま」

と、声をかけた。

「はあ、なんですか」

耕助は隅のほうに積み上げた、大きな木箱《きばこ》をひとつひとつ覗《のぞ》きこみながら、上《うわ》の空の調子でこたえた。

「新聞に出ていた、野口慎吾というひとですけれど……」

耕助はドキッとしたように澄子のほうをふりかえると、

「野口慎吾……？　それがどうかしましたか」

「はあ……そのひと、岡山市のマーケットにいるあいだ、ときどきすがたをかくしたと新聞に出ていましたけれど、すがたをかくしていたというその正確な日付けはわかりませんでしょうか」

耕助は驚いたように、向こうのはしから澄子の顔をすかしてみて、

「そ、そ、それは、いったい、ど、ど、どういう意味ですか。何かあなたに心当たりでも……」

「いえ、あの、別に、心当たりというわけではないのですけれど……ちょっとお訊ねしてみたんですの」

曖昧《あいまい》に言葉をにごす澄子の顔を、耕助はさぐるように見ていたが、やがてにやりと笑うと、

「いや、あなたはなかなかアマノジャクですな。は、は、は、さっきの窓の影といい、野口慎吾のことといい、いったい、なにを考えているのかわかりませんが、ああ、よろしい、よろしい。そのことについては、ぼくもこのあいだ、岡山まで出張して、調べてきたことがあるから、明日にでもよく整理して、報《し》らせてあげましょう。おや！」

耕助の声に澄子が顔をあげると、耕助は積み重ねた大きな空の木箱のてっぺんにのぼって、箱の中をさがしていたが、ふいに何やらつまみあげた。

「金田一さま、なんですの」

「指輪……」

「ええ、指輪……？」

「そう、それも若いご婦人のするような指輪ですよ」

「まあ、ちょっと拝見」

「ええ、いまおります」

耕助は積み重ねた木箱のてっぺんから、ポンと床にとびおりたが、そのとたん、ごうごうと物すごい音を立てて木箱がくずれおちた。

「あれ！」

「あっ、こ、こいつは驚いた。あなた怪我《けが》はありませんか」

「ええ、あたし、大丈夫《だいじょうぶ》ですけど、あなたこそお怪我は……？」

「ぼ、ぼくは大丈夫、なにしろ天狗《てんぐ》飛び切りの術を心得ておりますからな。は、は、は」

耕助は笑いながら、木箱をもとどおり積み直しにかかったが、いちばん下の箱をあげてみて、おやと顔をしかめた。

「ああ、何かございまして」

「ああ、いや、ちょっと……」

耕助は腰をかがめて床を見ている。そこには、縦五、六寸、横三、四寸の楕円形《だえんけい》の疵《きず》があり、そこだけあとからセメントで塗り直したようになっていた。

「金田一さま、何を見ていらっしゃるのでございますの」

「ああ、いや、な、なんでもありません」

耕助はその疵のうえに箱をおくと、そのうえへ、くずれおちた箱を積み重ねていった。

「さあ、こうしておけば大丈夫、いや、驚かせてすみませんでしたな。は、は、は」

澄子はいよいよこの探偵さんに対して幻滅《げんめつ》を感じたが、それでも、つとめてそういう感情をおさえると、

「ときに、さっきの指輪というのは……？」

「ああそうそう、忘れていました。ほら、これ、見憶《みおぼ》えがありますか」

金田一耕助がとり出した指輪を、澄子は手にとって眺《なが》めていたが、

「あら、これ」

彼女の顔がさっと土色になるのを、耕助はおっかぶせるように、

「ご存じなのですね、その指輪を……。いったい、それ、だれの指輪ですか」

「はあ、あの……」

澄子はひょっとすると、君子さんの指輪じゃありませんか」

澄子はおびえたような眼のいろをして耕助の顔を見直した。

「そ、そ、そうですの。でも、あなた、どうしてそれをご存じですの？」

「なに、ヤマカンですよ。は、は、は、ひょっとすると、そうじゃないかと思ったものだから。……なるほど、君子さんの指輪がねえ。あの箱のなかにねえ」

金田一耕助は五本の指で、またもや、ガリガリ、ガリガリ、めったやたらに、髪の毛をかきまわしたものである。

澄子はそれを見ると、この貧相な吃り男の探偵さんに対して、いよいよ心細くならざるを得なかった。

その晩、澄子は寄宿舎にある自分の部屋《へや》へかえっても、なかなか瞼《まぶた》があわなかった。怜悧《れいり》な彼女は、今度の事件に対して、ある鋭い疑いを持っているのである。

それは、だれにも打ち明けられない、世にも恐ろしい疑惑《ぎわく》であった。

彼女はこのあいだから、夜ごと、寝床《ねどこ》のなかに入ると、その疑惑を、まるでクロスワード・パズルを解くように、いろいろと組みかえ、組み立てて考えているのである。それはまるで、呼吸《いき》のつまりそうな、恐ろしい、残酷な試錬《しれん》であった。

しかし、澄子はその試錬を乗りこえていかねばならぬと決心している。そうでなければ校長先生の霊は、とても昇天《しょうてん》なさるまいと考えた。あの頼《たよ》りない、吃り男の探偵さんなどに、まかせておくことはできないのだ。

どこかで時計がボーンと一時を打った。

それを聞くと、澄子は考えることをやめて寝《ね》ようと思った。

と、そのときだ。

ガチャリとドアの把手《とって》をまわす音がきこえた。

澄子ははっとして寝床のうえに起きなおる。

ガチャリ。

重い音を立てて、また、把手が廻転《かいてん》した。

澄子の全身からは、さっと熱湯のような汗《あせ》がふき出し、心臓がガンガン鳴った。

ドアには鍵がかかっていたはずなのだが……ああ、それにもかかわらず、ドアが薄目《うすめ》に、少しずつひらいていくではないか。

ああ、夢ではないか、
この夜更《よふ》けに、だれかが自分の寝室をうかがっている！

澄子は声を立てようとしたが、舌がひっつって言葉が出なかった。

やがてドアが大きくひらくと、廊下《ろうか》にともっている、ほの暗い光のなかに、ぼんやりうきあがったのは、おお、あの恐ろしい男の姿ではないか。

暗闇《くらやみ》の鬼《おに》ごっこ

澄子はとっさに、寝床のうえに起きなおった。そして、手早く寝間着の帯をしめなおすと、そっと寝床をぬけ出して、這《は》うように部屋のすみへ身をかわした。

跛の男は部屋のなかへすべりこむと、すばやく、うしろ手にドアをしめたが、それがかえってかれの立場を不利にした。

なぜならば、窓には鎧扉《よろいど》がピッタリしまっているし、電気も消してあったので、ドアをしめると部屋のなかは、鼻をつままれてもわからぬような暗さなのである。

跛の男は、しかし、澄子がこの夜更けに、まだ眼覚《めざ》めていたとは気がつかなかった。ましてや自分のすがたを認めて、すばやく寝床をぬけ出したとは、夢《ゆめ》にも気づかなかったらしい。ドアにぴったり背をあてて、じっと部屋のなかの気配をうかがっている様子である。

澄子は全身の毛《け》孔《あな》という毛孔から、熱い汗が吹《ふ》き出すのを感じた。心臓がガンガン鳴って、いまにも胸郭《きょうかく》をやぶって躍《おど》り出すのではないかと思われた。嵐《あらし》のような息遣《いきづか》いが、おさえようとすればするほど、あらあらしくなって、澄子は泣き出したくなるくらいだった。

澄子には、跛の男がこの夜更けに、自分の部屋へしのんできた目的がよくわかっていた。

自分を殺しにきたのだ。自分はあまりにも多くのことを知っている。いや、知っているとはいえないかもしれないけれど、あまりにも多くの疑いをいだいている。この男にはそれが怖《こわ》いのだ。だが、かれがそれを怖がっているということ自体が、自分の疑いの、正しいことを物語っているのではないだろうか……。

さすがに川島夏代女史が眼をかけていただけあって、澄子は賢明《けんめい》な娘《むすめ》だった。賢明であると同時に、この年ごろの娘としては、胆力《たんりょく》のすわったほうであった。

部屋のすみにちぢこまったまま、澄子はとりとめもなく、そんなことを考えていたが、そのときミシリと畳《たたみ》をふむ音がきこえた。

針一本、落ちる音でもきこえそうな静けさである。ましてや全身全霊《ぜんれい》をもって、相手の様子をうかがっている澄子の耳には、その音が、まるで爆弾《ばくだん》でも炸裂《さくれつ》したほど大きくひびいた。と、同時に自分のちょっとした動きでも、同じように相手にひびくだろうとおそれられた。

ミシリ——また、畳をふむ音がする。男が寝床のほうへ歩いてくるのだ。いまに寝床が、もぬけのからであることに気づいたら……。

澄子は恐怖のために気が遠くなりそうだった。しかし、ここで気を失ったりしてはならぬ。気を失って倒《たお》れたりしたら、それこそ相手の好餌《こうじ》になるのだ。きっとこの男の恐ろしい指が、自分の咽喉《のど》にくいいることだろう。

澄子は壁《かべ》にぴったり背を当てたまま、一歩ドアのほうへ横にあるいた。一歩あるいてじっと室内の様子をうかがっている。

と、そのとき、いま自分がぬけ出した寝床のほうで、はげしく身動きをする気配が感じられた。寝床がからになっていることに跛の男が気づいたのだ。

狼狽《ろうばい》したような跛の男の動作につれて、空気の動揺《どうよう》するのが感じられたが、

「いない……」

と、ひくく囁《ささや》いて、それからあわてて立ち上がる様子である。

そのあいだに澄子はすばやく、二、三歩ドアのほうへからだをずらせた。

「いない……。いないけれど、まだ寝床はあたたかだ……。きっとこの部屋のどこかにかくれているのだ。……畜生《ちくしょう》ッ！」

跛の男がすりあしに部屋のなかを歩きまわる気配が、はげしい息遣いと、空気の動揺によって感じられる。

澄子は咽喉がヒリついて、舌が上顎《うわあご》へくっついてしまった。全身から力がぬけてしまって、その場にくたくたと倒れそうになる。睡魔《すいま》のようなけだるさが、ともすればとがった神経をふんわりくるんでしまいそうだ。

いけない、いけない。……ここで、このけだるさに打ち負かされてはならないのだ……。

澄子は、また一歩、ドアのほうへからだをずらせた。

もう少しだ。もう少しでドアに手がとどく。ドアに手がとどきさえしたら、いきなり外へとび出して、大声で人を呼ぶこともできるのだ。

澄子は心臓がドキドキして、全身にヌラヌラとした汗をおぼえた。

もう少しだ。もう一歩か二歩だ……。

だが、そのとき、澄子は大失敗を演じたのである。

寝るまえに澄子はお裁縫《さいほう》をした。そして裁縫箱をドアの壁ぎわによせておいたのだ。澄子はそれを忘れていた。

ガタッ――、

澄子の足下で裁縫箱が大きな音を立てた。と、そのとたん、

「いた!」

さっと空気がうごいて、跛の男が大手をひろげてとびかかってくるのが感じられた。

だが、その瞬間《しゅんかん》、澄子は二、三歩横っとびになると、畳をはうようにして、窓際の壁の方へ身をさけていた。

跛の男ははずみをくらって、どしんと壁にぶつかった。そのとたん、本箱のうえから眼覚まし時計がガチャンと落ちて、

ジリジリジリ……。けたたましいベルの音なのである。

「畜生ッ！」

跛の男の罵《のの》る声。

澄子は暗闇に身をひそめたまま、ガンガン鳴る心臓の鼓動《こどう》をおさえている。ひょっとすると、いまの物音をきいて、だれかが駆《か》けつけてきやあしないか。……澄子は全身の神経を耳に集めて、外の気配と同時に、室内の動きに気をくばっている。

その空気が、ふいに、さっと動揺したかと思うと、跛の男が大手をひろげて、澄子のうえからおおいかぶさってきた。

男の手が、あわや、澄子の肩《かた》にかかろうとした刹那《せつな》、彼女はすばやく体《たい》をかわして、独楽鼠《こまねずみ》のように別のすみへ……。

暗闇の鬼《おに》ごっこ。それこそ、生命《いのち》がけの鬼ごっこなのだ。

ジリジリジリ……。

眼覚まし時計のベルの音が、気違《きちが》いのように、この恐ろしい鬼ごっこに伴奏《ばんそう》する。そのとき、やっと、澄子の待ちもうけていたことが起こった。どこか遠くのほうで、バターンとドアのひらく音がしたかと思うと、バタバタバタと階段を駆けあがってくる足音。それもひとりではない。

二人――三人――

跛の男がそれを聞いて、どんな表情をしたか、暗闇のこととてよくわからない。しかし、チッと鋭《するど》く舌打ちする声と、部屋のなかを真一文字に、窓のほうへつききっていく気配が感じられた。

足音は澄子の部屋のまえまで来てとまった。

「白井さん、白井さん、どうしたのよ。いま時分、眼覚まし時計など鳴らして……」

古屋舎監《しやかん》なのである。

「せ、先生……」

澄子の顎はガクガク鳴った。舌の根がもつれて、うまく言葉の出ないのがもどかしかった。

「だれか……この部屋にいるんです。……あの男が……あたしを殺しにきたんです……

…」

古屋舎監がドアを押《お》した。ドアには幸い、鍵がかかっていなかった。

古屋舎監と二、三名の生徒がドアのそばに立って、カチッとスイッチをひねったときには、跛の男もやっと鎧扉をひらいて、窓から半身抜《ぬ》け出したところだった。

「あ、ド、泥棒《どろぼう》……」

寄宿舎の全員ほとんど、さきほどよりの時ならぬベルに眼をさましていたのである。そして、階段を駆けのぼっていく舎監の足音や、澄子をとがめている舎監の声に、何事が起こったのであろうと、小さい胸をふるわせていたのだが、そこへ聞こえてきた舎監の金切り声や、生徒たちの悲鳴に、わっとばかりに、パニックをひき起こした。

あるものは毛布を頭からひっかぶってしまった。あるものは、同室生と抱《だ》きあって、汗びっしょりになりながら、ブルブルとふるえていた。

しかし、なかには勇敢《ゆうかん》な少女も少なくなく、バラバラと廊下へとび出すと、

「どこよ、どこよ、泥棒は……」

「窓よ、窓から外へ逃《に》げ出したのよ」

「北側の窓の外よ」

跛の男は、澄子の部屋の窓から外へ出ると、軒蛇腹《のきじゃばら》をつたって、よちよちと逃げていく。跛という不自由なからだとしては、大胆《だいたん》不敵なふるまいだった。

そのうしろから古屋舎監が、金切り声をあげてののしっている。しかし、さすがに女の身として、あとを追っかけるわけにもいかなかった。

古屋舎監の声をきいて、跛の男のゆくての窓という窓に電気がついた。少女たちの顔が鈴《すず》なりになって、わいわい騒《さわ》ぎ立てた。跛の男は進退ここにきわまったのである。軒蛇腹のうえに立ちすくんでしまった。

そのとき、下の暗い植え込《こ》みのなかから、女の声がきこえた。

「まあ、皆《みな》さん、どうなすったのですか。この騒ぎは何事ですか」

上野里枝の声だった。

「あっ、上野先生」

と、古屋舎監は息をはずませて、

「悪者がしのびこんだのです。白井澄子さんを殺そうとしたのです」

「まあ、白井さんを……？　そして、白井さんはどうかしましたか」

「いいえ、先生」

澄子がいくらかヒステリックな声で叫んだ。

「あたし、大丈夫です。でも、悪者がまだそこにいます。早く警察へ電話をかけてください」

「まあ！」

と、里枝の叫《さけ》ぶ声がしたかと思うと、すぐバタバタと本宅のほうへ走っていく足音がきこえた。

男はこのときまた、軒蛇腹のうえで二、三歩からだをずらせた。かれのゆくてには雨《あま》樋《どい》が縦にはしっている。男の目指しているのは、その雨樋なのだ。

少女たちはただワイワイと騒ぎ立てるばかり、古屋舎監も金切り声をあげるばかりで、どうしてよいのかわからなかったが、なかにひとり、気のきいたのがあって、インク瓶《びん》をとって投げつけた。瓶は途中《とちゅう》で栓がぬけて、さっとドスぐろい滝《たき》を吐《は》きながら、男の肩《かた》へあたった。インクの飛沫《しぶき》が、パッと男の全身にふりかかった。

「わっ！」

少女たちが歓声をあげた刹那、跛の男はやっと雨樋にとりついた。と、思うとつぎの瞬間、礫《つぶて》のように樋をつたって、下へおりていったのである。

寄宿舎のなかは蜂《はち》の巣をつついたような騒ぎである。

恐怖《きょうふ》の一夜

「先生、いきましょう。跛《びっこ》の男を追っかけましょう」

跛の男が、くらい植え込みのなかに姿を消すのを見て、澄子ははっと気を取り直した。ほんとをいうと、澄子はこのままじっとしていたかったのだ。さっきの恐ろしい緊張《きんちょう》の反動で全身がけだるく、あちこちの関節が、ぬけるように痛かった。

しかし、強い責任感が彼女をそのまま、じっとさせておかなかった。あの男をこのまとりにがしては、警察に対しても、世間に対しても、申しわけがないような気持ちだったのだ。

古屋舎監はちょっと躊躇《ちゅうちょ》した。跛の男も跛の男だけれど、蜂の巣をつついたような、騒ぎになっているこの寄宿舎を捨てておいて、外へとび出すのがあやぶまれたのだ。

そこへ五、六名の生徒がドヤドヤと入ってきた。

「先生、古屋先生、いま来島《くるしま》さんの投げつけたのは、赤インクだそうですよ。だから、いまごろあの男は赤インクの滴《しずく》をポタポタたらしながら、逃げているにちがいありませんわ」

そう報告したのは、新制高校三年A組の級長で、田代邦子《たしろくにこ》という少女であった。

澄子はそれをきくと眼をかがやかせて、

「先生、それじゃあのひとが赤インクの始末をしてしまわないうちに追っかけましょう。きっとまだ、そのへんにいるにちがいありませんわ」

「そうねえ」

古屋舎監はまだ躊躇していたが、それでやっと決心がついたらしく、

「それじゃね、田代さん、あなたにあとのことを一任しますから、生徒たちをよくなだめて頂戴《ちょうだい》。みんな昂奮《こうふん》しているようだから、よく気をつけてね。それから島田《しまだ》さんと萱原《かやはら》さんと沢井《さわい》さんの三人は、あたしたちといっしょに来て頂戴。田代さんわかりましたね」

「はい、先生」

「それじゃ、みんないきましょう」

古屋舎監と澄子と、それから三人の生徒がひとかたまりになって階下へ来ると、

「ちょっと待って頂戴、懐中電灯を持ってくるから」

古屋先生が懐中電灯を持ってくるのを待って五人は寄宿舎をとび出した。

空には星がふるようにまたたいているし、寄宿舎の窓という窓に電気がついているので、あたりはそれほど暗くなかった。田代邦子の整理がまだよくいきとどかないと見えて、窓という窓から少女たちの顔がのぞいていて、舎監たちのすがたを認めると、

「舎監先生、ガンバッてね」

と、黄色い声をはりあげたりした。対抗競技と間違《まちが》えているのである。

五人は懐中電灯の光をたよりに、川島家の裏木戸まで来たが、そのときなかから、ちょっと短い男の怒号《どごう》がきこえてきたかと思うと、つぎの瞬間、

「うわっ！」

と、いうような悲鳴が、闇《やみ》の底からひびいてきた。

その声に、一瞬《いっしゅん》五人は立ちすくんだが、すぐ、澄子が気をとりなおした。古屋舎監の手から、懐中電灯をひったくるようにして、裏木戸からなかへとびこむと、右手のほうでガチャンとガラスの砕《くだ》ける音。

澄子はすぐそのほうへ走っていった。あとの四人は、おっかなびっくりという恰好《かっこう》でついてくる。建物の角をまがると、階下の一室が圭介の部屋である。部屋にはあかあかと電気がついていて、窓のカーテンに、もみあうふたつの影がうつっている。

ひとりはパジャマ姿の圭介らしいが、いまひとりはまぎれもなく跛の男だ。

「あっ、川島先生！」

古屋舎監が圭介の姓《せい》をよんだとき、男がさっと右手をふりおろした。

「うわっー」

圭介の悲鳴なのである。窓にうつった影がたたらをふむように、しだいに大きくなったかと思うと、ガチャンとガラスがこわれて、カーテンを握《にぎ》った圭介のからだが、仰向《あおむ》

けざまに窓からしたへ落ちてきた。

古屋舎監と四人の少女は、血の気《け》を失って立ちすくんだが、そのときもまた、澄子がいちばんさきにわれにかえった。

懐中電灯をふりかざして、窓のそとへかけよって、部屋のなかをのぞいてみたが、ちょうどそのとき廊下のほうへとび出していく、男のうしろ姿がちらりと見えた。

「川島先生、川島先生、しっかりしてください」

古屋舎監に抱《だ》きおこされて、圭介は苦痛にゆがんだ顔をあげた。

「ああ、古屋先生、寄宿舎のあの騒ぎは……あれはどうしたのですか」

「あの男がしのびこんだのです。白井さんの部屋へしのびこんだのです。でも、川島先生、お怪我はどうですの」

「腕《うで》をやられて……あ、痛っ、さっき、窓から落ちたとき、したたか腰《こし》をうったものだから……」

そのとき、澄子が窓のそばからかえってきて、さっと懐中電灯の光を圭介のからだに浴びせかけたが、そのとたん、少女たちはきゃっと叫んでとびあがった。

無理もないのである。

圭介の白いパジャマは、胸といわず、肩といわず、真っ赤な血でそまっているのである。

「ま、せ、先生、ひどい血……」

　圭介は自分のからだを見廻して、びっくりしたように身ぶるいをすると、

「いや、あ、こ、これはぼくの血ばかりじゃない。あいつは全身に血を浴びていたんです。それをもみあっていたもんだから、あいつの血が、ぼくのパジャマについたんです」

「まあ、それじゃそれ……」

　古屋舎監と生徒たちは顔見合わせたが、すぐに澄子が顔をよせて、圭介のパジャマについた赤いしみをしらべてみた。それから皮肉な微笑《びしょう》をうかべると、

「やっぱりそうよ。これ、血じゃないのよ。赤インクよ。でも、先生、腕をお怪我なさいましたのね。ほら、ここ、ひどい血……」

　圭介は左の腕を二か所ほど刺《さ》されているらしく、パジャマの袖《そで》がぐっしょり濡《ぬ》れて、血がポタポタと垂れていた。

「ああ、どなたか寄宿舎へいって救急箱をとってきて頂戴。早く止血しなきゃあ……」

　戦争以来、応急処置にはなれていた。島田、萱原、沢井の三人が、バタバタと寄宿舎のほうへとってかえしたあとで、古屋舎監と澄子とが顔を見合わせた。

「先生……あの男はまだこのおうちにいるのよ。どうしましょう」

　澄子の声がふるえている。古屋舎監もガタガタとふるえ出した。

「どうしようって、とてもあたしだけで入っていけやあしないわ。相手は刃物《はもの》を持っているんですもの。それに、川島先生はこんなだし……」

「川島先生、上野先生はどうなさいまして？」

「ああ、上野先生……上野先生といえばさっき、どっかへ、電話をかけているような声がきこえていたが……」

上野里枝が電話をかけたとすれば、相手は警察にちがいない。電話はうまく通じたであろうか、電話が通じたとすれば、もうソロソロお巡《まわ》りさんが来なければならないはずだが……。それにしても、上野先生はどうしたのか。いや、上野里枝ばかりではない。あの車椅子《くるまいす》の老婆《ろうば》、静子はどうしたのか。この騒ぎも知らず眠《ねむ》っているのだろうか……。

古屋舎監と澄子の胸には、また新たに不安がきざしてきたが、そこへガヤガヤと騒ぎながら、島田、萱原、沢井の三少女が走ってきた。

「先生、古屋先生、警察のかたがいらしてくださいました」

なるほど、三人のうしろには警察のひとたちが五、六名ついている。

若い娘たちばかりかかえて、こういう恐ろしい事件に直面して、すっかり途方《とほう》にくれていた古屋舎監は、警官たちの姿をみると、地獄《じごく》で仏にあったようによろこんだ。

警官たちは古屋舎監や澄子から、かわるがわる事情をきくと、

「すると、このひとを刺した犯人は、まだ家のなかにいるかもしれぬというんですね」

若い警部はさっと緊張した顔色になった。

「はあ、あの……別の出口から出ていったかもしれませんけど、あたしたちが駆けつけてきたときには、まだ、この家にいましたの」

「よし」

と、警部は刑事《けいじ》とお巡りさんをふた手にわけて、

「きみたちは表へまわれ。きみたちは側面を警戒《けいかい》していてくれたまえ。それから、きみときみは、ぼくといっしょに来る。わかったね」

「はっ」

ふたりの部下をつれて、勝手口から入っていこうとする警部をおっかけて、

「あの、あたしがご案内いたしましょう」

澄子が勇敢にもさきに立った。勝手口を入って、茶の間の横にある電話室のまえまでくると、半びらきになったドアから、女の白い素足がのぞいている。

「あっ、上野先生……」

いかにもそれは上野里枝であった。里枝は電話をかけているところを、うしろから絞《し》められたらしく、せまい電話室の中で、体を海老《えび》のように曲げて倒れている。白い咽喉のあたりについた赤いしみをみると、警部はぎょっとしたように息をのんだ。しかし、それが血ではなくて、赤インクであることに気がつくと、ほっと胸をなでおろした。

「赤インクのついた指で絞められたんだね」

「あの……先生はだめなんでございましょうか」

澄子の声がふるえている。警部は首を横にふって、

「いや、ご安心なさい。このひとは、ちょっと失神しているだけなんです。だれか応急

手当てを心得ているひとはありませんか」

言下に澄子は勝手口からとび出して、島田、萱原、沢井の三人を呼んできた。

三人に里枝の介抱《かいほう》をまかせておいて、澄子がつぎに案内したのは、車椅子の老婆、静子の部屋である。静子の部屋は電気が消えていたが、澄子がスイッチをひねったとたん、警部もお巡りさんも、思わずあっと立ちすくんだ。

静子はベッドのうえに、仰向けざまに倒れていた。掛《か》け蒲団《ぶとん》はベッドの下にすべりおち、露出《ろしゅつ》した全身は、はげしい苦悶《くもん》に硬直《こうちょく》し、妖婆《ようば》のように醜《みにく》い顔が、いよいよ醜くゆがんでいる。血管が恐ろしくふくれあがっていた。

その静子の細い頸《くび》には、革のバンドが肉にくいいるばかりに巻きついていて、ちゃんと尾錠《びじょう》でとめてあった。まるで学生たちがノートや参考書をしばっておくように……。

静子の寝間着《ねまき》や手足もまた、いちめんにベタベタと赤いしみがついていたが、これもやはり血ではなくて赤インクであった。そのことが、静子もまた、赤インクを頭から浴びた、あの男に絞められたことを物語っているようである。

ところで、不思議なことには静子もまた、死にきっていたのではなかった。それからただちに人工呼吸をほどこすと、彼女も息を吹きかえした。しかし、よみがえったのは彼女の肉体だけであって、彼女の神経はもうもとのままではなかったのだ。恐ろしいショックが、彼女の年老いて脆弱《ぜいじゃく》となっていた精神を、一挙に粉砕《ふんさい》したのであろうか。静子は狂気《きょうき》のひととしてよみがえったのである。

跛の男はついに、家のどこからも発見されなかった。

かくて恐怖《きょうふ》の一夜は明けたのである。

赤インクの悪戯

「昨夜はたいへんでしたな。まるで血に狂《くる》った死に神が、あばれこんだような騒ぎじゃありませんか」

急報をきいて金田一耕助が駆けつけてきたのは正午過ぎのことである。

澄子のすがたをみると耕助は慰《なぐさ》めるようにそういった。

澄子は昨夜から今朝へかけて、一睡《いっすい》もしていないのだけれど、朝から川島家の台所で、かいがいしく働いていた。あとになってわかったところによると、昨夜婆やは、外からドアに鍵《かぎ》をおろされ、出るに出られず、怖くはあるし、頭から蒲団をひっかぶって寝ていたのだそうである。そういう状態だから、今朝は全然役に立たなかった。

里枝は里枝で、島田や萱原や沢井の介抱《かいほう》で正気にもどったが、恐ろしいショックをうけて、今朝は放心状態である。ベッドに身を横たえたまま、いささかヒステリー気味で、まるでたわいがなかった。

圭介は左の腕に二か所、それからもう一センチはずれていたら、おそらく生命も危なかったろうと思われる傷を左胸部にうけて、今日は身動きもできないのである。

静子はまえにもいったとおり、気がくるって手がつけられない。中風のくせにあばれまわるので、警官たちが危ながって、一時、車椅子にしばりつけていった。

澄子はそれらのひとびとの世話を、いっさい引き受けてやらなければならなくなったのである。

「あたし、今日からまたこっちへ移ってくることになりましたの。だって、だれもみなさんのお世話をするひとがないんですもの」

澄子はけなげにいい切った。

「えらいね、きみは……きみだけだよ。このうちで動揺していないのは……。いや、このうちばかりじゃない、寄宿舎でも、だれもかれもすっかり動転していて、何をいってるのかわけがわかりゃしない。ことに舎監先生はひどいね。まるであがっちゃってね。何をきいてもてんで辻褄《つじつま》があやあしない。ヒステリーだね、あれは……あっはっは!」

と、金田一耕助は例によって、もじゃもじゃ頭をかきまわすと、今度は急にまじめになって、

「ときにね、白井君、きみは昨夜の事件をどう思う。あの男はいったい、この家へなんのためにやってきたんだろう」

「さあ……」

と、澄子は考えぶかい眼《め》つきになって、

「あたしにもよくわかりません。お巡りさんはやはり、野口という美術家が、君子さん

の復讐《ふくしゅう》のためにやってきたのだろうといってますけれど……」

「そう、一応はそうも考えられるね。しかし、それだと、なぜ、きみのところへさきにいったのだろう。昨夜の話をみんなから聴《き》きあつめてみると、あの男はまず、きみの部屋へしのびこんだろ。そこで騒ぎ立てられたので、目的を果たさずに……いったい、その目的というのからして、ぼくにはわからないんだよ。

　跛の男はいったい、何を目的に、きみの部屋へしのんでいったか……。だが、それはまずいいとして、そこで大勢に騒ぎ立てられて、この家へ逃げこんだ。……と、そういう順序になっているんだろう。そうすると、復讐説はちと妙《みょう》ですね。君子という女の復讐のために、この家のものをみな殺しにするというのが目的ならば、はじめから、こっちへ来そうなものじゃありませんか。ね、そうだろう」

「ええ、あたしもそう思います」

　と、澄子もさかしげにうなずいて、

「ですから、お巡りさんの復讐説は、おかしいと思うのです。あの男の昨夜の目的は、あたしの部屋にあったのです。こちらのかたがたが、ああいう目にあわれたのは、たまたま、あの男の逃走《とうそう》に、邪魔《じゃま》になったからではないでしょうか」

　金田一耕助はだまって澄子の顔をみていたが、やがて、奇妙《きみょう》な微笑をうかべて、

「白井君、きみ、ほんとうにそんなふうに考えているの。まさか、そうじゃないでしょう」

「あら！」

澄子は図星をさされたのか、さっと顔をあからめながら、

「だって……どうして……？」

と、口ごもりながらうつむいた。

「あっはっは、きみのように賢《かしこ》いひとが、そんな上《うわ》っつらの観察をするはずがありませんからね。跛の男は逃走に際して、何もこの家へとびこむ必要はないはずじゃありませんか。周囲はひろいし、夜道は暗いですよ。逃げようと思えば、逃げる場所はいくらでもあった。何をこのんで、危険をおかしてまで、このうちへ逃げこまねばならなかったのです」

「だって、げんにあの男は、このうちへ逃げこんだじゃありませんか」

「そうです。逃げこみました。あの男としては、逃げこみたくないところを逃げこんだのです。それは、かれにとって、思いもかけぬ事態が起こったからですよ」

「思いもかけぬ事態というと……」

「赤インク」

「赤インク？……」

澄子は大きく眼をみはった。

「そう、赤インク。跛の男は赤インクをぶっかけられたがために、どうしてもこの家へ逃げこまざるを得なかったのですよ。あっはっは、あの男にとっては、この赤インクこ

そは、悪魔《あくま》の煙幕《えんまく》をつく、最大の障害となった。だから、今度の事件が解決すれば、あの赤インクをぶっかけた少女こそ、最高殊勲者《しゅくんしゃ》ということになりますよ」

　澄子は一句一句、金田一耕助の言葉をかみしめて味わった。何かしら、恐ろしい思いがむらむらと肚《はら》の底からわきあがってきたが、耕助の言葉を、いちいち理解するまでにはいたらなかった。

「それにねえ、白井君、あの男は、昨夜はあまりにもヘマばかりやりすぎたとは思いませんか。まず、きみの部屋でヘマをやった、それからこの家へとびこんできて、上野先生、圭介君、ご老婆と、三人まで殺そうとしながら、そのうちのひとりだって殺していない。三人が三人とも、半殺しにはなったが、無事にいのちをとりとめたというのは、あまりヘマすぎるじゃありませんかねえ、白井君そうは思いませんか」

「さあ、あたしにはわかりません。あなたのおっしゃることはよくわかりません」

　澄子は心の中の何物かとたたかうように泣いた。しかし、このころから彼女《かのじょ》のいだいていた、金田一耕助に対する軽蔑《けいべつ》の念がしだいにうすれていったことはたしかである。とにかくこのひとは変わっている。変わっているけれど、どこか理詰めなところがある。警察のひとびとの型にはまった考えかたとちがって、どこか底の深いところがある。

　澄子はしだいにこの男に対して、信頼感《しんらいかん》をましていった。

「ところでねえ、白井君。ここにもうひとつ肝腎《かんじん》な質問があるんですがね、ほら、さっきもいったでしょう。あの男がきみの部屋へしのんでいった目的……きみはあの男が自分を殺しにきたのだといってるそうですが、どうしてきみはそう考えるの。きみは何か、跛の男に殺されそうな動機を持っているの？」

「あれは……あれは……あたしの思いちがいだったかもしれません。あまり、恐ろしかったものだから、いちずにそんなふうに思いこんでしまって……」

「いやいや、そうじゃない。あの男はきみを殺しにいったのかもしれない。が、それと同時に、もっとほかに目的があったんじゃないかしら。白井君、きみは最近、川島夏代女史から何かあずかったもの、あるいはもらったものを持ってやあしない？」

そのとたん、澄子の顔から血の色が、退潮《ひきしお》のように引いていった。

床の死仮面

金田一耕助はにこにこ笑って、

「ああ、どうやら図星だったらしいですね。で、いったい、きみは何を川島先生からあずかったの」

白井澄子はしばらくもじもじしていたが、やがて思いきったように、

「いいえ、おあずかりしたんじゃないんです。先生があげるとおっしゃって……」

「何を……いったい何を、川島先生からもらったんだね」

「イタリア土産《みやげ》の小匣《こばこ》なんです。ずっとせんに先生が、ヨーロッパの教育事情を視察に

いらしたとき、イタリアから買っていらした、それはそれは可愛《かわい》い小匣なんです。ブロンズの地に鸚鵡《おうむ》貝《がい》の螺鈿《らでん》がしてあって、小抽斗《こひきだし》なんかのたくさんついた、それはみごとな小匣なんです。先生はそれを非常に大事にしていらしたんですが、ついこのあいだ、それをあげるとおっしゃって……」

「いつごろのことだね、それは……？」

「つい、最近……先生がお亡くなりになる、一週間ほど前のことでした」

「きみはその小匣をあけてみた？」

「ええ、それはもう……」

「で、なかに何も入っていなかった？」

「いいえ、何も入っておりませんでした」

金田一耕助はもじゃもじゃ頭をかきまわしながら、しばらく何か考えていたが、

「それにしても、どうして川島女史がそんなものをきみにくれたのだろう。何か先生にもらうような条件になっていたの？」

「いいえ、それがあまりだしぬけだったから、ほんとうをいうと、あたしもびっくりしたんですわ。ええ、あれは先生のおぐあいが、とくべつに悪かったときのことでした。みなさん、ほかにおさしつかえがあったので、あたしがひとりで、おそばについてご介抱していたんです。すると、先生がだしぬけに、枕下《まくらもと》の小机の抽斗から、その小匣をお出しになって、あたしにあげるとおっしゃるのです。そればかりではありません。この

ことは、決してだれにも話をしないようにとおっしゃって……そのとき、先生はかなり熱にうかされていらっしゃいましたから、少し気が変になっていらっしゃるのじゃないかと思ったくらいです。それですから、お気にさわってもと思って、素直に頂戴しておいたのですが、それから二、三日たって、また、先生とふたりきりになったとき、あの小匣を持っているかとおっしゃるんです。それで、ええ、大事に持っております。ここへ持ってまいりましょうかとお訊《たず》ねしますと、いいえ、あれはあなたにあげたのだから、大事に持っていて頂戴。決してだれにもしゃべっちゃいけませんよ。あれはあなたにとって、幸福の小匣になるかもしれないのだからと、そうおっしゃって……そのとき、あたしはいくども、ほんとうに頂戴しておいてよろしいのですかと念を押したのですが、先生は、あれはあなたにあげたんだからと、はっきりおっしゃってくださいました。それで、あたしは先生のおかたみと思って、いままでも大事にしているのですけれど……」

澄子はそこまで一気に語ると、

「でも、昨夜の男が、あれを盗《と》りにきたのだとすると、それはどういうわけなのでしょう。あの小匣は、そんな大きな価値があるのでしょうか。それとも、あたしが持っていては、いけないものなんでしょうか」

さすがに勝気な澄子も、いささか不安そうな面持ちだった。

「いや、きみが持っていて、悪いなんて、そんなことはない。しかし、昨夜の男にとっちゃ、その小匣がきみの手許《てもと》にあることは、きっと不利になるんだよ。ねえ、白井君、あとでその小匣というのを、ちょっとぼくに見せてもらえないかしら」

「はあ、あの……」

澄子はちょっとためらったがすぐ思いきめたように、

「どうぞ。実はその小匣は、もしものことがあっては悪いと思って、舎監先生にお預けしてあるんです。舎監先生のお部屋には、厳重な金庫があるものですから……むろん、ボール箱のなかにいれて、紙で包んでありますから、だれがみても、先生からいただいた小匣とは見えませんけれど……」

澄子はそういうところに、よく気のつく娘であった。

「ああ、そう、それはよかったですね。それじゃ、あとでそれを見せてもらうことにして、今日はひとつ、もう一度、地下室を見せてもらいたいのですがね」

「地下室を……？」

澄子はびっくりしたように、大きく眼をみはっていたが、やがて、低い声で、

「どうぞ」

と、いった。

地下室は昨日も金田一耕助はよく調べている。しかし、そのとき、何か調べ残したことがあるのだろうと思って、澄子はなんのためらいもなく、さきに立って耕助を案内した。

地下室のひとつの部屋に、からの木箱《きばこ》の積み上げてあることはまえにもいった。

金田一耕助はその木箱を見上げながら、

「ねえ、白井君、この地下室はこの春、塗《ぬ》りかえたとかいう話だったね」

「はあ、あの、昨日も申し上げたとおり、三月ごろ、浸水《しんすい》したことがございまして、そのとき、塗りかえたのですわ」

「三月ごろですね、それに間違いはないでしょうね」

「はあ……」

と、澄子はちょっと考えていたが、すぐ、何か思い出したように、

「ええ、それに間違いございません。ほら、川島女子学園の校舎の正面玄関《げんかん》のまえに、春子先生の胸像がございましょう。あれは今年の四月の新学期のはじまる日に、除幕式があったのですが、その除幕式に間にあうようにというので、三月ごろ、胸像を安置する、コンクリートの台をこさえていましたが、そのときいっしょに、ここも塗りかえたのをよく憶《おぼ》えております」

「ああ、なるほど、それなら間違いありませんね。それじゃ、あの胸像は、今年の春にできたものなんですか」

「ええ、そうなんです。その除幕式の日に、ちょっと変なことがあって……」

澄子は何気なくそこまでいって、急に気がついたように、はっと口をつぐんだ。何かしら、いってはならぬことを口走ったというような顔色だった。耕助はまじまじとその顔を覗《のぞ》きこみながら、

「どうしたの。なぜ、そんなに急に口をつぐむの。除幕式の日に、変なことがあったって、どんなことなの。ねえ、白井君、こんな事件の場合にはね、何もかも、洗いざらい、さらけ出したほうがいいんだよ。多少、言いにくいことがあっても、……いや、言いにくいことであればあるほど、何もかも打ち明けたほうがよいのです。ね、わかった？」

耕助に諄々《じゅんじゅん》と説かれて、澄子はこっくりうなずいた。

「そう、じゃ、いってごらん。除幕式の日に、どんなことがあったの」

澄子はそれでもまだ、ちょっとためらっているふうだったが、やがて思いきったように、

「変なことって、べつに大したことはないのですが、除幕式のとき、川島先生が倒れられたんです。あれ、きっと、脳貧血《のうひんけつ》かなんかだったんですわね。でも、それまでいちども、そんなことのなかった先生だけに、みんなびっくりしてしまいました。いまから思えば、あの時分から先生は、健康を害していられたんですわね」

除幕式のときに、川島夏代女史が脳貧血で倒れた。なるほど、それはごく些細《ささい》なことである。生涯《しょうがい》を独身でとおしてきて、生理的に、いささか変調をきたしている中年の婦人などが、春さきの陽気に脳貧血を起こす。――それは別に珍《めずら》しいことではないかもしれない。しかし、何かしら耕助の脳裡《のうり》には、そのことが強い印象となって残ったのである。

「いや、ありがとう。川島先生の健康が、その時分から損なわれていたとしたら、それ

にはそれだけの、意味があるのかもしれませんね。しかし、まあ、そのことはもっとあとでよく考えるとして、さて、この地下室ですがね」

と、耕助は積み重ねた木箱を指さし、

「この箱がここに積み重ねられたのは、いつごろのことからなの、ずっとせんから、こんなふうに、箱が積み重ねてあったの？」

澄子は驚《おどろ》いたように、耕助の顔をふりかえって、

「さあ……あたし、よく憶《おぼ》えておりませんけれど……それ、どういう意味ですの。この木箱がここに積み重ねられているということが、何か意味を持っていますの」

金田一耕助はにこにこ笑いながら、

「そうですよ。だって、きみも知ってるでしょう。昨日、ぼくがいちばん上の箱のなかから、指輪を発見したでしょう。あの指輪は君子さんのものだと、きみが証言してくれましたね。では、どうして、君子さんの指輪が、あんな箱のなかにあったのでしょう」

「さあ……それは……」

澄子は恐ろしそうに身慄《みぶる》いしながら、喘《あえ》ぐように、

「上野先生のお話じゃ、いつか、君子さまのお顔が、川島先生のお部屋の窓から覗いていたということですから、ひょっとすると君子さまが、この地下室へしのびこんで、あの箱のなかに、かくれていらしたのじゃ……」

耕助はそういう澄子の顔を、まじまじとのぞきこみながら、

「きみ、まじめにそんなふうに考えているの。いや、かりに君子さんがこの地下室へしのびこんだとしても、場所もあろうに、どうして、あんな木箱のなかなんどにかくれたというの。ほら」

と、耕助は積み重ねた木箱をぐらぐらゆすりながら、

「このとおりだよ。あんなてっぺんに積んである木箱へと、どうして這《は》いあがることができたというの」

「わかりません。あたしにはわかりません」

澄子は両の手でこめかみをおさえてうめいた。

「そう、わからない？　それじゃいってあげよう。あの指輪はね、あの箱がいちばん上に積み重ねられてから抜けておちたのではなくて、木箱のなかに指輪が抜けておちてころがった。それをあとから、だれかがああいうふうに、いちばんてっぺんへ積み上げたんだよ。だから、この木箱がいつ、こんなふうに積み重ねられたかということが重大な意味を持ってくるんです。ねえ、白井君、あの木箱がああいうふうに積み重ねられたのは、この地下室が塗りかえられて間もなくのことじゃない？」

澄子にはまだ、金田一耕助が何を考えているのか、また、かれの質問に、どういう意味がかくされているのかよくわからなかった。しかし、何か恐ろしい秘密が、――この事件をすっかりひっくり返すような、重大な謎《なぞ》が秘められているような気がして、息がつまりそうな感じだった。

「ええ、そうおっしゃればそうかもしれません。この床を塗りかえるとき、何もかも外に出してしまったのですし、それからずっとあの木箱は、いつもそこに積んでありましたから……でも、いつ、だれがそんなふうに積み上げたのか、あたしにはよくわかりません」

「ああそう、いや、それだけわかればいいのですよ。じゃ、ひとつ、手伝ってください。この木箱をひとつずつのけてみましょう」

金田一耕助は、積み重ねた木箱をひとつずつのけにかかった。

澄子もそれを手伝って、金田一耕助ののけてかかる大きな木箱を、別の場所に積んでいく。やがて、木箱がすっかりとりのけられると、そこに疵跡《きずあと》のある床《ゆか》が現われた。まえにもいったとおり、縦五、六寸、横三、四寸の楕円形《だえんけい》の跡で、そこだけが、あとからセメントで、塗り直したようになっているのである。

「白井君、この疵跡にどういう意味があるかわかっている?」

金田一耕助は澄子のほうを振り返った。澄子は蒼《あお》ざめた顔をして、

「わかりません。何かそれに、大切な意味があるのですか?」

「そう、いまにわかりますよ。あの木箱ね、床のこの疵跡をかくすために、ここに積んであったのですよ。さあ、ひとつこのセメントをはがしてみましょう。うまくはがれるといいのだが……いや、きっとうまくはがれると思うのだが……」

金田一耕助は、ふところから大きな海軍ナイフを取り出して、そのきっさきを、疵跡

の周囲にある隙間《すきま》につっこんだ。

そして、注意ぶかく、疵跡のアウトラインにそって、こねるようにしていったが、そのうちに首尾よく、ポッカリと一塊《ひとかたまり》のセメントが、床からはがされて浮《う》きあがった。

金田一耕助は海軍ナイフをポケットにしまうと、そのセメントの塊に手をかけたが、さすがに緊張しているのか、はげしい息遣《いきづか》いだった。額《ひたい》にも、ねっとりと汗《あせ》がふき出している。

澄子も、何がなんだかわけがわからぬなりに、緊張して、手に汗を握っていた。おのずから、あらい息遣いが唇《くちびる》を洩《も》れて出る。

金田一耕助はしゃがんだまま、蒼ざめた澄子の顔を振《ふ》り仰《あお》いで、

「白井君、驚いちゃいけませんよ。これがぼくの想像しているとおりのものだとすれば、世にも恐ろしい秘密と陰謀《いんぼう》がここにあるのです。さあ……」

金田一耕助は思いきって、ええいというようにセメントの塊を取りあげた。

そして裏をかえしてみた。その裏面を見つめている金田一耕助の眼が、熱気をおびてギラギラ光っている。

やがて、恐ろしそうに、はげしく身慄《みぶる》いをすると、

「白井君、白井君、ちょっとこれを見たまえ」

金田一耕助の顔色から、何かしら異様な戦慄《せんりつ》を感じていた澄子は、こわごわ、そっと耕助の手にしていたものを覗きこんだ。

はじめ見たときには、それがなんだか、さっぱりわからなかった。

澄子は息をのみ、瞳《ひとみ》をこらして、でこぼこしたセメントのおもてを眺めていた。が、つぎの瞬間《しゅんかん》、突然《とつぜん》、はげしい発作が澄子のからだを襲《おそ》った。

それをみると、いきなり耕助がとびかかって、澄子の唇を手でおさえた。

「だめ! 叫んじゃだめ。……まだ、だれにもこのことを知らせちゃならんのだ」

耕助の腕に抱《だ》かれたまま、澄子は小鳥のように慄《ふる》えていた。いつまでも、いつまでも、彼女の慄えはとまらなかった。しかも、大きく見ひらかれた眼は、釘《くぎ》づけにされたように、耕助の手にしたセメントの塊から離《はな》れない。

「金田一さま……」

だいぶたってから、澄子が喘ぐように呟《つぶや》いた。

「それ、死仮面ですわね。君子さまのデス・マスクですわね」

「そうですよ。ごらんなさい。床にあるあの穴、あれが君子さんのデス・マスクの原型なんですよ。川島先生のもとへ送られてきた、君子さんのデス・マスクは、岡山市のマーケット街でつくられたのじゃない。この地下室の中でつくられたのです」

「でも、でも、どうして君子さまのデス・マスクの原型が、あんな床のうえに……」

澄子は床にえぐられた、楕円形のくぼみを見ると、なんともいえぬ恐《おそ》ろしさに慄えあがった。

「そう、そのことですよ。そこにこそこの事件のほんとうの恐ろしさがあり、犯人の世にも残酷《ざんこく》な、抜け目のない悪企《わるだく》みがあるのです」

金田一耕助の声音には、この男としては珍しいほど、憎悪《ぞうお》といかりのひびきがあった。

遺言状

澄子は全身の骨という骨が抜けてしまって身を支えているのさえ大儀《たいぎ》なような感じであった。

金田一耕助には、あのにがにがしいデス・マスクの秘密と、床にえぐられたデス・マスクの原型の由来がわかっているのだろう。

澄子には、それがわからなかった。どう考えても解けぬ謎だった。

君子は岡山市のマーケットの奥《おく》で、窮死《きゅうし》したはずである。そのひとのデス・マスクの原型が、どうして、あんなところに彫《ほ》られているのであろうか。

かりにあれが持ち運びできるものとしたら、犯人がなにかの企《たくら》みのために、岡山から持ってきて、あそこへはめこんだものと思えないこともない。

しかし、あそこは地下室の床なのだ。地下室の床全体を、運搬《うんぱん》するなどと、そんなことは絶対にできるものではない。

ところでセメントというものの性質としていったん固まってから、そこへ、あのような精巧《せいこう》な原型を彫るなどということは、とてもできるはずはない。と、すれば、あれはまだ、セメントの乾《かわ》かないうちに、彫られたものにちがいないが、さりとて、あのような精巧な、君子の顔にそっくりな型が、どうしてとられたものだろうか。

まるであれは、まだ乾ききらぬセメントのなかへ、君子が顔を押《お》しつけたようにしか見えぬではないか。

あのデス・マスクの恐ろしさはそこにあった。そして、考えれば考えるほど、その恐ろしさは、ほとんど、骨肉のいたみとなって、澄子の全身を疼《うず》かせるのであった。

いったい、金田一耕助は、この謎をなんと解くのだろうか。

金田一耕助は、しかし、それに対して、詳《くわ》しい説明をあたえようとはせず、それから間もなく、木箱をもとどおり積み重ねると、澄子をともなって地下室を出た。

静子の部屋《へや》からは、あいかわらず、気の狂った老女のわめき声がもれていたが、圭介や、上野里枝は、傷ついた身をベッドに横たえているのか、部屋のなかから、こそりとも音がきこえなかった。

「金田一さま……」

澄子は声をふるわせながら、

「これから、どうするんですの」

「舎監《しゃかん》先生のところへいきましょう。そしてきみが川島先生からかたみにもらった、小匣というのを調べてみましょう」

ちょうどお昼の休みだったので、古屋舎監は寄宿舎にいた。

金田一耕助や澄子の顔をみると、古屋舎監はまだ、昨夜の昂奮《こうふん》がさめぬらしく、上気した面持ちで、

「金田一さん、いったい、昨夜の騒《さわ》ぎはどうしたことでしょうね。ほんとにいやなことばかりつづいて……こんなことがいつまでもつづくと、名誉《めいよ》ある川島女子学園の伝統もめちゃくちゃですわ。生徒たちもすっかり昂奮して、今日はろくに、授業もできない騒ぎなんですよ。なんとかして、一日も早く、あんな騒ぎの起こらぬよう、跛《びっこ》の男をつかまえてもらいたいものですね」

古屋舎監の愚痴《ぐち》をきいていると際限がない。いつまでも、くどくどと同じようなことを繰りかえすのである。

金田一耕助も、いささか持てあまし気味で、

「いや、こんなことも、いずれ長いことではないでしょう。いまに、警察が解決してくれます。ところで先生」

と、耕助は澄子をふりかえると、

「今日はお願いがあってまいったのです。実は、このひとが何か先生にお預けしてあるそうですが、それをちょっと見せていただきたいと思いまして……」

古屋舎監はぼんやりと、耕助と澄子の顔を見くらべていたが、

「ああ、あの匣のようなもの。さあさあ、どうぞ……」

金庫をひらいて、厳重に紐《ひも》でからげた匣を取り出すと、

「さあ、お返しいたしますよ。ところでねえ、金田一さん」

と、古屋舎監は、そんな匣など問題ではないらしく、話はまたしても、愚痴にもどるのである。

「いったい、警察はなにをしているのでしょうね。相手はちゃんと、跛という、大きな目印があるのですよ。それをどうしてつかまえることができないのでしょう。川島先生があいうことになってからだって、もう、だいぶたっていますよ。犯人がいつまでもつかまらなければ、先生の御霊《みたま》だってうかばれませんわ。ほんとうにお気の毒な川島先生……」

「そうそう、その川島先生ですがね」

古屋舎監のおしゃべりには切れ目がない。金田一耕助は、やっと相手の言葉の切れ目を見つけて、素速く口を入れた。

「聞けば、川島先生は、この春、春子先生の胸像の除幕式のあったとき、脳貧血かなにかで、お倒《たお》れになったそうですね」

古屋舎監は、話が妙なほうへ飛躍《ひやく》したので、キョトンとした顔で、耕助の顔を見つめていたが、やがてまた、思い出したように、ペラペラとしゃべりはじめた。

「そうそう、そんなことがございましたわね。いまから思えばあの時分から、先生のご健康は尋常ではなかったのですね。寄宿舎で生徒たちが、幽霊《ゆうれい》が出ると騒ぎ出したのは、あれから間もなくのことでしたからね」

今度は耕助のほうが、キョトンとする番だった。びっくりしたように、古屋舎監の顔を見つめていたが、やがて息をはずませて、

「古屋先生、それはどういうことなんですか。寄宿舎に幽霊が出たんですって？」

「いいえ、幽霊が出たのは寄宿舎じゃないんですよ。学校のほうへ出たんです。それが夜のことですから、寄宿舎にいる生徒が見つけて、大騒ぎになったのです」

「古屋先生、それはどういうことなんです。もう少し詳しく話していただけませんか」

古屋舎監は澄子のほうをふりかえって、

「白井さん、あの話はあなたもご存じのはずだったわね。まだ、金田一さんにお話ししてなかったの」

澄子は悲しげにうなだれたまま無言で小さくうなずいた。

「あら、そうなの。いえね、こういう話なんですよ」

古屋舎監は唇にしめりをくれて、

「あの胸像ができてから間もなくのことですから、四月ごろのことでしたわね。寄宿生のひとりが、幽霊が出ると騒ぎ出したのです。なんでもその幽霊はまっしろな着物を着て、あの胸像のまわりをぐるぐる歩きまわっているというのです。そういう噂《うわさ》がだんだん高くなって、あたしの耳にも入ったものですから、そんなつまらないことをいうものじゃない。学校の名誉にかかわることだからとたしなめたんですが、なかなか噂はしずまりません。いいえ、しずまるどころか、だんだん高くなって、しまいにはあたしも見

た、お友達も見たと、騒ぎは大きくなるばかりなのです。だんだん、聞いてみると、だれの話も同じことで、幽霊の出るのは、春子先生の胸像の周囲にかぎっているのです。そこで、捨ててはおけませんので、上野先生ともよく打ち合わせて、ある晩、ふたりで胸像のそばで番をしていました。すると……」

「現われたのですか、幽霊が……」

耕助もしだいに興味をましたらしく、もじゃもじゃ頭をかきまわしながら乗り出した。

古屋舎監は、ごくりと唾《つば》を呑《の》みこむと、

「ええ……それは七日ばかりの月の晩でしたが、上野先生とあたしとが、物陰《ものかげ》にかくれておりますと、だしぬけにまっしろなものが胸像のそばに現われました。そして、生徒たちの話のとおり、胸像の台のまわりを、ぐるぐる歩きまわるのです。あたしたち、びっくりして……と、いうより、怖《こわ》くなってふるえあがりましたが、そのうちに雲が切れて、月の光が、そのまっしろな姿を照らしましたが、ああ、そのときのあたしたちの驚き……それは川島先生だったのです」

「川島先生……？」

耕助は思わず大きく眼をみはると、

「川島先生がどうして真夜中に、胸像のまわりを……？」

「いいえ、それは川島先生ご自身にもおわかりにならなかったでしょう。先生はご病気だったのです。夢遊病《むゆうびょう》を起こして、フラフラと歩きまわっていられたのです」

だしぬけに耕助が、バリバリ、ガリガリ、雀《すずめ》の巣《す》のような頭を掻《か》きはじめたので、ふけが鵞毛《がもう》に似て、飛んで散乱した。これが昂奮したときの、金田一耕助という男のくせなのである。

古屋舎監はびっくりして飛びのくと、

「あら、どうなすったのでございますの」

「ああ、いや、す、す、すると、川島先生は夢遊病で胸像のまわりを、歩きまわっていたというのですね。あの胸像のまわりを……」

「ええ、そうなんです」

「そ、そ、それでどうしました。あなたがたは、それでどうなすったのですか」

「どうもこうもありませんわ。捨ててはおけませんので、上野先生と二人で、先生を呼び起こしました」

「そ、そ、それで、そのときの川島先生のご様子はどうでしたか」

「はあ、それが……先生は、ご自分がいまどこにいるかと気がつかれると、キャッと叫《さけ》んで、そのまま気を失ってしまわれたのです」

古屋舎監はしずんだ声で、

「それ以来、川島先生の夢遊病は治りましたが、その代わり、床《とこ》におつきになったきりで、だんだん、ご健康がすぐれなくなったのでした」

金田一耕助は無言のまま、何やら深く思い沈《しず》んでいた。川島夏代女史の夢遊病と、春子刀自《とじ》の胸像――そこにある、何かしらえたいの知れぬ秘密の関連性が、旋風《せんぷう》のように耕助の頭のなかで渦《うず》をまいていた。

「いや、ど、ど、どうもありがとうございました。たいへん、興味のあるお話をきかせていただきました。それじゃ、白井君」

と、澄子に眼配《めくば》せをすると、

「ではまた、いずれのちほど」

と、古屋舎監に挨拶《あいさつ》をして、ふたりがやってきたのは、寄宿舎にある澄子の部屋である。

「白井君」

と、金田一耕助は、澄子の顔をのぞきこんで、

「きみもあの話を知っていたのだろう。知っていながらどうしてぼくに話さなかったの」

「だって……」

と、澄子は口ごもりながら、

「先生はもう亡くなられたかたですもの。何もそんな先生の恥《はじ》になるようなことお話しするまでもないと思いまして……」

耕助は立ったまま、窓から外を眺《なが》めていたが、やがて、澄子のほうをふりかえると、

「いや、きみの気持ちとしては無理もないところかもしれない。しかし、いまの話のな

かにこそ、この事件の根底に横たわっている、恐ろしい謎が秘められているんだよ」

何を思ったのか、金田一耕助はくらい眼をして、ブルルと濡《ぬ》れた犬が水を振りはらうように身ぶるいしたが、

「いや、それはそれとして、ひとつこの小匣を調べてみようじゃないか」

澄子は無言のままうなずくと、包み紙をひらいて、ボール紙の箱のなかから、青銅の小匣を取り出した。それは縦一尺、横六寸ばかりの螺鈿《らでん》細工の、みごとな匣であった。蓋《ふた》をひらくと、まるで、小さな整理簞笥《だんす》のように、小さな抽斗《ひきだし》がたくさんついている。

耕助はそれらの抽斗を全部ひらいてみたがなかはからっぽで、何も出てこなかった。

耕助はしかし、それでも別に失望したような面持ちでもなく、しばらく匣をあらゆる角度から観察し、抽斗の長さとその厚さを測っていたが、やがてにっこり笑うと、

「白井君、きみ、この匣をよく調べてみた？」

「はあ、だいたい、抽斗を抜《ぬ》いてみましたけれど……」

「それだけじゃ、いけないんだよ。ほら、ごらん、この抽斗はほかの抽斗とくらべると、だいぶ短くなっているだろう。それでいて、匣の凹《へこ》みはどこも同じなんだからね。つまりこの抽斗の奥に、もうひとつ、かくし抽斗がついているはずなんだ。ちょっとピンをかしてくれたまえ」

耕助はヘアピンをかりて、抽斗をぬいたあとをさぐっていたが、やがてにっこり笑うと、

「どうやら、ぼくの思っていたとおりらしいよ。ほら」

ピンを捨て、匣をさかさまにすると、小さいかくし抽斗が現われたが、そのなかに、書類のようなものが、抽斗いっぱいにつまっていた。澄子はそれを見ると、思わず息をはずませて大きく眼をみはった。

「まあ！」

金田一耕助はにこにこしながら、

「川島先生はね、この書類をきみにあずけておきたかったのだ。そして、昨夜、きみのもとへ忍《しの》びこんできた跛の男は、この書類を手に入れようとしていたんだよ」

抽斗いっぱいにつまった書類を取り出すと、それは分厚な封筒《ふうとう》で、厳重に封蠟《ふうろう》がしてあり、表に、
川島夏代遺言状
と、したためてあってそのそばに「内海《うつみ》弁護士立ち会いのもとに開封《かいふう》すること」と、書き添《そ》えてあった。

それをみると、澄子はまた、大きく眼をみはって、

「先生の遺言状がこんなところに……」

「そうですよ。先生の遺言状がここにあったのです。よくよく考えてみれば、そのことになんの不思議もないことかもしれない。この遺言状をひらいてみれば、川島女史がこんなところに遺言状をかくして、きみにあずけておいた理由がわかるにちがいない。と

きに内海弁護士というのは……？」

「はあ、先生の顧問弁護士でございます」

「ところ、わかってる？　わかってたら、すぐ電話をかけてもらいたいんだが……」

澄子は無言のまま、耕助の顔を見つめていたが、やがて、黙《だま》って頭をさげて出ていった。


その夜、内海弁護士立ち会いのもとに、圭介、上野里枝、澄子、それから金田一耕助も集まって、遺言状が開封されたが、その結果は、非常に意外なこととなった。

川島夏代女史の全財産は、あげて、白井澄子に譲《ゆず》られていたのである。

澄子はそれを聞くと、まるで狐《きつね》につままれたような顔色だった。

それに反して、上野里枝や圭介は、顔面蒼白《そうはく》となり、いかりにふるえて、拳《こぶし》を振ったり、開いたりしていた。

「いったい、その遺言状というのは、法的にたしかな価値があるものなんですか」

圭介がいかりにふるえて、弁護士に詰問《きつもん》した。

「はあ、それはもう、間違《まち》いはありません。立派に法的価値を具備しております。したがって、川島夏代女史の全財産は、白井澄子さんに譲られることになります」

澄子はなんといってよいのか、あまりの幸運に、いまにも泣き出しそうな顔をしている。

上野里枝は憎々《にくにく》しげに、その横顔を見つめながら、

「嘘《うそ》だわ。インチキだわ。これにはきっと、何か悪企みがあるにちがいないわ。ええ、よござんすとも。あたしたち訴訟《そしょう》を起こして、あくまでも闘《たたか》ってみせるわ」

「いや、それはお勝手ですがね。しかし、おそらくそれも無駄《むだ》でしょうよ」

弁護士が冷ややかにこたえた。そのときだった。金田一耕助が澄子の肩《かた》をたたいて、妙なことをいい出したのは。

「いや、白井君、おめでとう。すると、川島女子学園はあげて一切、きみのものになったわけだが、それについて、ぜひともきみにお願いしたいことがあるんだが……」

「はあ……」

「ほかでもないがね。ほら、問題の胸像だがね。春子刀自の……あの胸像ののっかっている、コンクリートの台を、一度くずしてみることを、きみに許可してもらいたいのだが……」

そのとたん、圭介と上野女史が、まるで毒虫にでも刺《さ》されたように、ピクリと体をふるわせたのであった。

寄宿舎の火事

川島夏代女史の遺言によって、川島家の全財産は、あげて、養女白井澄子に譲られることになった。

それらの手続きは、いっさい内海弁護士によって代行されることになり、その手続きが終わると同時に、金田一耕助の申し立てによって、川島春子刀自の胸像の、コンクリートの台が取りこわされることになった。

澄子はそのことが、何を意味するのかさっぱりわかっていなかった。しかし、金田一耕助のそのときの、真剣《しんけん》なかおつきといい、かつはまた、金田一耕助がそれをいい出したときの、圭介や上野里枝の驚きを思うと、何かしら、名状することのできぬ恐ろしさで、胸がふさがる思いであった。

いったい、あの胸像の台に、どういう意味があるのだろう。川島先生はなくなるまえに、夢遊病を起こして、よくその胸像のまわりを彷徨《ほうこう》していられたが、あの彷徨と胸像の台に、なにか関係があるのだろうか。

澄子はいくら考えても、そこに適当な答えを発見することはできなかった。ただ、わかっているのは、何かしらそこに恐ろしい意味が秘められているということ……。そのことは、圭介と上野女史の、あのときの顔色によっても想像されるのだ。あのときのふたりの顔。――それはなんともいえぬ、ものすさまじいものであったではないか――。

それはさておき、澄子はその晩からまた寄宿舎へもどって、しかも今度は古屋舎監と同じ部屋に寝《ね》ることになった。ほんとうをいうと、これもみんな金田一耕助の注意によるものであった。

「ねえ、先生、昨夜のようなことがあると、白井君をひとりで寝かせるのは不安だとお思いになりませんか。昨夜、しのんできたやつは、いちばんに白井君の部屋を襲ったのですよ。何かしらそいつは、白井君にふくむところがあるらしい。しかも、昨夜はまんまと失敗しているのですから、いつまたやってくるかもしれません。そこで先生にお願いするのですが、当分、白井君を、あなたの部屋にいっしょに寝かせてくださいませんか。そうすれば白井君も、安心して眠《ねむ》れると思うのですが……」

そういわれると古屋舎監も、いやとかぶりはふれなかった。それに将来白井澄子は、この学園の所有者ときまった少女なのだ。

「ええ、よござんす。それじゃ、白井さん、今夜からわたしのところへいらっしゃい。わたしといっしょだったら、どんなことが起こったって大丈夫《だいじょうぶ》ですよ。それにわたしはいたって眼《め》ざといほうですからね」

こうして、その晩から、白井澄子は舎監先生と、枕《まくら》をならべて寝ることになったのだけれど、金田一耕助のこれほどの用心にも、まだ手抜《てぬ》かりがあったのだ。いやいや、死にもの狂《ぐる》いになった悪魔《あくま》の知恵《ちえ》と大胆《だいたん》さが、耕助の用心さえも危ないものにしてのけたのだ。

と、いうのはつぎのようなしだいである。

その夜、澄子はなかなか眠れなかった。昨夜はほとんど寝ていないので、心身綿のようにつかれていながら、頭だけは妙《みょう》に冴《さ》えて、眠ろうとあせればあせるほど、いよいよ寝つかれなくなった。

それも無理ではなかったろう。思いがけない川島家の後継者《こうけいしゃ》とさだめられて、その幸運もさることながら、そこにまつわる疑問が彼女をくるしめるのだ。川島先生は、なぜ自分にそのような、愛と親切を示されたのか。

澄子にはそれがわからなかった。わからないからくるしんだ。彼女は眠れぬままにいくたびか輾転反側《てんてんはんそく》した。そして、そこに横たわる謎をとこうとした。

そばでは古屋舎監がよく眠っている。いたって眼ざといといったにもかかわらず、舎監先生は寝床《ねどこ》へはいるなり、女にしては珍しいほど、大きないびきをかいて寝てしまった、そのいびきが耳について、澄子はいよいよ眠れないのである。

どこかでチーンと一時をうった。澄子をのぞいて全寄宿舎は、おそらくいまが寝入りばなだろう。澄子はふいに、おやと枕から頭をもたげた。どこかでパチパチとものののはじけるような物音。――つづいて、プーンと、キナ臭《くさ》い匂《にお》いが鼻をうつ。

「先生、先生」

声をかけたが古屋舎監は、あいかわらずよく眠っている。ちょっとやそっとのことでは、とても眼がさめそうもない。

パチパチとものののはじけるような物音と、キナ臭い匂いはますます強くなってくる。澄子は寝間着《ねまき》のままで寝床を出ると、ドアをひらいて廊下《ろうか》の外をのぞいたが、そのとたん、眼にうつったのは、廊下のはしの便所のあたりで、轟々《ごうごう》と渦をまいて、天井《てんじょう》をなめている火の柱である。

「あっ！」

澄子は一瞬《いっしゅん》、髪《かみ》の毛も逆立《さかだ》つ思いで、その場に立ちすくんだが、つぎの瞬間、身をひるがえして階段の下に走っていくと、そこにブラ下がっている鐘《かね》を、無我夢中《むがむちゅう》でたたきはじめた。

もし寄宿舎に火事があった場合、いちばん最初に発見したものが、これをたたく規則になっている。鐘は全部で八つあって、二階に四か所、階下に四か所、要所要所にかかっているのである。

カン、カン、カン、カン、……

澄子のうつ早鐘の音に、寄宿舎はたちまち上を下への大騒動《おおそうどう》になった。

「火事よ、火事よう、みんな起きてください」

あちこちの部屋からとび出した少女が、金切り声をあげて走りまわる。二階でもバタバタと、廊下を駆《か》けまわる音にまじって、悲鳴や叫び声がきこえてくる。

澄子はすぐに階段をかけのぼった。

「皆《みな》さん、火事はまだ大したことはありませんから落ち着いてください。裏の階段は危ないから、表の階段からおりてください。あわてることはありません。落ち着いて、落ち着いて……」

このときの澄子の態度が、どれだけ少女たちの心を落ち着かせたかわからない。寝入りばなを早鐘でたたきおこされて、度をうしなって泣いたりわめいたり、ただもうウロウロしていた少女たちは、澄子に叱咤《しった》され、激励《げきれい》されて、やっと正気をとりもどすと、順次表の階段からおりはじめた。

「藤田《ふじた》さん、ちょっと」

「はあ」

「あなた、階下へおりたらね、階段の下の鐘をたたいて頂戴《ちょうだい》、まだ、寝てるひとがあるといけないから」

「そうね、わかったわ。白井さん、あなたも、もうおりましょうよ」

「いいえ、あたし一度、お部屋をみんな見てくるわ。残ってるひとがあるといけないから」

澄子はいっさんに、廊下をたてに走っていった。どの部屋も少女がとび出したようで、ドアはあけっぱなしになっている。澄子はひとつひとつ、それらの部屋をのぞいていった。幸いだれも残っているものはなかった。

澄子はそこでいま来たほうへひきかえそうとしたが、そのとたん、裏階段からものすごい勢いで火柱がふきあげてきた。火柱はみるみるうちに、大きな焰《ほのお》の舌となって、二階の廊下をなめてくる。

「しまった！」

澄子は表階段のほうへ、一目散《いちもくさん》に駆けもどったが、そこで、思わず立ちすくんでしまった。火はすでに表階段のほうへもまわっている。赤い、大きな焰の舌が、這いよるように階段をのぼってくる。

恐怖《きょうふ》のために、澄子は一瞬、気が遠くなりそうだった。舌がカラカラに乾いて、咽喉《のど》がヒリつきそうであった。

藤田という少女に頼んだ鐘の音も、もうバッタリやんでいるのは、表玄関にも火がまわったのであろう。火が風をよんだのか、轟々たる焔の音のかなたから、

「白井さアん」

「澄子さアん」

くちぐちにわめく少女たちの声が、まるで夢《ゆめ》の世界からでもあるようにきこえてくる。

澄子はしばらく、放心したように立ちすくんでいたが、そのとき建物の背後のほうが、がらがらとすさまじい音をたて、燃えくずれた。

その音にハッとわれにかえった澄子がふりかえってみると、焔はすでに廊下の半分をなめつくし、あたりいちめん、ものすごい火の海だった。建物の一部が燃えくずれて、風通しがよくなったせいか、八方へ燃えひろがる焔の勢いは、眼に見えてすさまじくなっている。

燃えあがる焔の音と、燃えくずれる建物の音のために、少女たちの呼ぶ声も、もう遠くきこえなくなっていた。

澄子はガクガクと膝頭《ひざがしら》のふるえるのを感じた。それでもやっと、まだ火のまわっていない部屋へとびこむと、急いで窓をひらいて外を見た。

燃えあがる焔のために、外は昼のように明るかったが、少女たちは建物の反対側に集まっているとみえて、だれもそのへんにはすがたが見えない。

澄子は窓から身を乗り出し、助けを呼ぼうとするのだけれど、咽喉がヒリついて声が出ない。恐怖のために舌が上顎《うわあご》にくっついて言葉が出ないのである。

どこかでまた、物すごい音を立てて建物が燃えくずれた。

澄子は絶望的な眼をあげて、窓の外を見まわしたが、そのとき、ふと眼についたのは、昨日あの曲者《くせもの》が、すべりおりた雨樋《あまどい》である。それに眼がついたつぎの瞬間、澄子はもう、窓から外へ乗り出していた。

必死の思いで軒蛇腹《のきじゃばら》をつたって、雨樋にとりついた瞬間、いままで澄子のいた部屋の窓から、メラメラと大きな焔の舌がのぞいた。

雨樋はもうすでに、かなり熱くなっている。澄子はそれにとりついた。眼をつむって、足を軒蛇腹からはずした。体が重くすべりおりて、足が大地についた瞬間、ああ、助かったという意識で、澄子は気が遠くなりそうであった。体がフラフラして、大地がゆれているような感じであった。

澄子は建物から二、三歩はなれた。

だが、その瞬間である。背後からバラバラと駆けよってくる足音に、ハッとしてふりかえろうとする澄子の頭に、風呂敷《ふろしき》のようなものがパッとかぶせられた。

「あっ、な、なにを……」

だが、その声は風呂敷のうえから、ぐいぐい咽喉をしめつけてくる手によって、途中《とちゅう》でかすれて、途切《とぎ》れて、消えてしまった。

強い指がいよいよ強く咽喉をしめつける。澄子は二、三度大地を蹴《け》った。苦しそうにゴロゴロ咽喉を鳴らした。しかし、そのとき、澄子はハッキリ聞いたのである。

「早く、早く、絞殺《こうさつ》したら火のなかへ投げ込《こ》んでしまいなさい」

ああ、その声！　聞きおぼえのあるその声……澄子はそれをきいたとたん、フーッと気が遠くなったのである。

赤インクのいたずら

それからいったいどのくらい、澄子は気をうしなっていたのか……。

夜の闇《やみ》が暁《あかつき》の微光《びこう》によって、しだいに明るさをましていくように、澄子の意識は混沌《こんとん》たる、無明《むみょう》の境からさめてきた。澄子はしばらく眼を閉じたまま、意識の最後の眼覚《めざ》めとたたかっていたが、やがて、フッと眼をひらくと、

「ああ、気がつきましたね」

そういってニコニコとうえからのぞきこんだのは、もじゃもじゃ頭の金田一耕助だった。その瞬間、

「ああ、助かったのだ！」

と、いう安堵《あんど》の思いで、澄子の無意識の緊張《きんちょう》は急にホグれて、もう一度また、無明の境にずり落ちそうになった。

だが、そのとき、だれかが強く手をとると、

「ああ、白井さん、ご気分はどう？　しっかりして頂戴ね」

と、たかぶった声で叫んだので、澄子はハッと正気にもどった。古屋舎監であった。

「ああ、舎監先生」

澄子の脳裡《のうり》には、まざまざと昨夜の焔と煙《けむり》の記憶《きおく》がよみがえってきた。

「先生、寄宿舎はどうなりましたの」

「寄宿舎は全焼しましたよ。しかし、白井さん、寄宿舎は全焼しても、だれひとり怪我《けが》はなかったのだから、不幸中の幸いといわねばなりませんよ」

「先生、それじゃ、皆さん、ご無事だったのですか」

「ええ、皆さん、無事に助かりました。これもみんな、白井さん、あなたの勇敢《ゆうかん》な働きのおかげですよ。皆さん、泣いてますよ。泣いてあなたの恢復《かいふく》を祈《いの》っていますよ。早くよくなって、皆さんに元気なお顔を見せてあげてくださいね」

「先生、ありがとうございます。金田一さま」

澄子は泪《なみだ》にぬれた舎監の顔から、金田一耕助のほうへ眼をうつした。

「あたしは、どうして助かったんですの。あたし、もうだめだと思っていたわ、絞殺されて、焔のなかへ投げ込まれるのだと思っていたわ」

澄子の言葉をきくと、金田一耕助の顔が急にきびしくひきしまってきた。

「澄子さん」

金田一耕助は、澄子の眼のとどかぬところにいるだれかと眼くばせすると、

「きみはどうして、それを知っているの。絞殺されたあとで、焔のなかへ投げ込まれるのだということを」

「だって、あたし聞いたんですもの。あたしが咽喉をしめられているとき、だれかがそばで、早くしめ殺して、火のなかへ投げ込んでしまいなさいといっているのを……」

そのとき、澄子の足のほうから、ひとりの男がやってきて、澄子のうえに顔をのぞかせた。それは昨日もやってきた警部であった。

「白井さん、ほんとうですか」

「はあ、ほんとうでございます」

「そして、あんたはその声が、だれだかわかっていますか。いや、わかっているでしょうね。わかっていたらいってごらんなさい。それはいったいだれの声でした」

澄子はそれをきくと、掛《か》け蒲団《ぶとん》に顔をあてて泣き出した。

金田一耕助はかるくそのうえをたたいてやりながら、

「澄子さん、泣いてる場合じゃないよ。きみにとってはいいにくい名であるかもしれない。しかし、ぜひともいわなければならないのだよ。きみのためにも、亡くなられた川島先生のためにも……さ、いってごらん、それはだれの声だったの」

澄子は泣きじゃくりながらもコックリうなずいて、

「ええ、それは、上野先生でございました」

それだけいうと澄子はまた、はげしく泣き出したのであった。

これだけの証言をとると、警部は医者と相談して、澄子の昂奮を鎮《しず》めるために、注射を一本うつことにした。この注射をうけると澄子はまた、昏々《こんこん》として眠りにおちたが、そのつぎに昏睡《こんすい》からさめたときには、もう夜は明けはなれて、陽《ひ》が高くのぼっていた。

澄子のそばにはあいかわらず舎監先生と金田一耕助が付き添っていたが、澄子が眼をひらくと耕助はにこにこ笑って、

「どう？　気分は？　少しはよくなった？」

と顔をのぞきこんだ。

「ええ、すみません、もうすっかりよくなったような気がします」

「そう、よかったわ。どう？　おなか、すいた？」

「いいえ、まだ、そこまでは……」

澄子は恥ずかしそうにベッドのうえに起きなおると、はじめて自分が、ありし日の校長先生の寝室《しんしつ》に、寝ていることに気がついた。

「金田一さま。あたし、ちょっとお訊《たず》ねしたいことがあるのですけれど……」

「なんですか。澄子さん」

「あたしはどうして助かったのですか。それを知りたいのです。いいえ、もう決して昂

奮したり、取り乱したりするようなことはありません。どうぞきかしてください。あたしはどうして助かったのでしょうか」

金田一耕助は古屋舎監と顔を見合わせていたが、やがて澄子の手をとると、

「気にするといけないから、それじゃ話すことにしますがね、きみが助かったのは、さっきの警部さんの部下のおかげですよ」

金田一耕助は昨日、古屋舎監に澄子のことを、頼《たの》んでいったものの、それでもまだ心《こころ》許《もと》ない思いがしたので、警察へいって澄子の保護をたのんだのである。署長は快く承知して、ふたりの刑事《けいじ》を派遣《はけん》して、徹宵《てっしょう》、寄宿舎を見張らせることにした。しかし、見張りの刑事も、さすがに相手が、放火というような思いきった手段に出るとは思わなかった。そこに油断があったのである。

「まあ、それじゃ、あれ、放火でしたの」

澄子は眼をみはって唾をのんだ。

「そうですよ。きみひとりのために、全寄宿生を焼き殺してもかまわぬつもりでやったのでしょうから、恐ろしいやつですね。つまり、火事のドサクサにまぎれて、きみを殺し、死体を火のなかへ投げ込んでおいて、あやまって焼死したように見せかけようとしたんですね」

「そこを刑事さんが救ってくだすったのね」

「そうですよ。妙なところから火が出たので、てっきり放火と、警戒《けいかい》しているうちに、

きみたちのすがたを見つけたのです。危ないところでした。刑事の発見がもう少しおくれていたら……」

澄子もそのときのことを考えると、肌《はだ》に粟立《あわだ》つ思いであった。

「そして、あのひとたちは……？」

「ご安心なさい。つかまりましたよ。現行犯ですからね。今度はどう抗弁のしようもありますまい。きみの咽喉にのこっている、その痣《あざ》が何よりの証拠《しょうこ》だし、それに上野女史のささやいた言葉、それが何よりも雄弁に、ふたりの殺意をものがたっている。今度こそのがれようはありません。ところで、きみは、直接手をくだして、きみを殺そうとしたのがだれだか知っているでしょうね」

澄子はコックリうなずいた。そして呟《つぶや》くように、

「圭介先生ね。でも、変だわ。あの男が圭介先生だったとしたら、一昨日の晩、圭介先生を母屋《おもや》の窓からつきおとして逃《に》げたやつはだれだったんでしょうか」

金田一耕助はニッコリ笑うと、

「あれはね、上野先生だったんですよ。といって寄宿舎へしのびこんできみを殺そうとしたのは上野先生ではない。あれはやっぱり圭介だったんだ。圭介は寄宿舎の窓から逃げ出すと、すぐこの母屋へかえってきて、上野女史に男の扮装《ふんそう》をさせ、それと格闘《かくとう》するところを影《かげ》でみせ、あげくのはてに、みずから、体を傷つけて、窓から顚落《てんらく》してみせたのだよ。上野女史は上野女史で、きみたちにあの男のすがたを見せると、すぐその扮装

をぬいで、電話室へとびこみ、みずから首をしめて、気絶をよそおっていたのです。では、なぜ、そんなややこしいことをしたかというと、みんなあの赤インクのおかげなんですよ。だれかが、あの男にむかって、赤インクを投げつけたでしょう。あの男――すなわち、圭介は赤インクの雨を頭から浴びせられた。インクというやつはちょっとやそっと、洗ったところで落ちるものではありません。圭介のやつは困った。困ったけれど、なにしろ悪賢《わるがしこ》いやつだから、とっさの思いつきで、あの男と格闘という手を思いついたのです。つまり格闘しているうちに、あの男のかぶった赤インクが、自分のからだについたと思わせようとしたんだね。この話、わかる？」

「ええ、よくわかります。それじゃ、車椅子《くるまいす》のお婆《ばあ》さんを絞《し》め殺そうとしたのも、やっぱり圭介さんなのね」

「おそらくそうでしょう。これはぼくの想像だが、圭介はあの男の扮装で、母屋へとびこんできたところを、車椅子の老婆《ろうば》に見つかったんでしょうね。それで殺してしまおうとしたんでしょう」

「圭介先生と上野先生は、はじめから共謀《きょうぼう》していたんですの」

「むろん、そうですよ」

そこで耕助は皮肉な微笑《びしょう》をうかべると、

「あいつらはなかなかうまくやったんですが、ただひとつ、大きなヘマをやらかした。それはね、この金田一耕助というメイ探偵《たんてい》を、事件のなかにまきこもうとしたことです。

あいつらはね、できるだけボンクラ探偵を事件のなかにつれてきて、そいつの証言で、犯人はあくまで君子さんのために復讐《ふくしゅう》しようとしている、野口慎吾という気ちがい画家だということにしようとしたんです。そこでどこかに頭の悪い、薄野呂《うすのろ》の、ボンクラ探偵はいないものかと物色したあげく白羽の矢をたてたのがこのぼくだったんですよ。ところがこの金田一先生たるや、あいつらが考えているほどボンクラじゃなかった。つまりあいつらは、まんまと飼《か》い犬に手をかまれたというわけですな。あっはっは!」

金田一耕助は面白そうにわらったが、それをきくと、澄子も急に恥ずかしくなってきた。彼女自身このひとを、それほどすぐれた探偵さんとは、思っていなかったのである。

話はしばらくとぎれたが、やがて澄子が思い出したように、

「それじゃ、君子さんのデス・マスクを送ってよこしたのも、やっぱり圭介先生や上野先生なんですの」

「そうですよ。野口慎吾が圭介の変装《へんそう》だということは、澄子さん、きみがいちばん最初に疑ったのじゃなかったかしら。そういう意味でこの事件で、だれがいちばんの功労者かといえば、きみと、それから赤インクをぶっつけた少女、このふたりが殊勲甲《しゅくんこう》ですよ」

「まあ」

澄子はいきをのんで、

「でも、ふたりは君子さんのデス・マスクでいったい何をたくらんでいたんですの」

金田一耕助はやさしく澄子の手をとった。

「澄子さん、そのことをハッキリ説明するためには、どうしても春子刀自の胸像の台をぶちこわさねばならないのですよ。もうこうなったら、内海弁護士の手続きを待っているわけにはいかないから、警察とも相談して、今夜やることになったんですが、そうすれば何もかもわかります。恐ろしいことだが、やっぱりこれは、決行しなければならないことです」

金田一耕助はそういうと、つと立ち上がって窓のそばへよった。胸像の台から発見されるであろうもの、それを考えると、とても澄子の顔を正視していられなかったのである。

恐《おそ》ろしき暴露《ばくろ》

その夜遅《おそ》く、春子刀自の胸像はとりのけられ、コンクリートでかためた台が、警察の手によって集められた、数名の土工によって取りこわされることになった。この取りこわしに立ち会ったのは、金田一耕助と警部のほかに二、三名の刑事だけ。学校関係のひとびとは、だれもこの発掘《はっくつ》に立ち会うことを許されず、また、胸像のそばへちかよることさえ禁止されていた。

こうして、人を遠ざけた夜の校庭の一隅《いちぐう》で、いま黙々《もくもく》として、無気味な発掘作業がつづけられている。しかも金田一耕助をのぞいては、だれひとり、この発掘の意味を知っているものはいないのだ。

警部は緊張した面持ちで、土工のふるう鶴嘴《つるはし》のさきをながめている。バラバラとセメントの粉がちって、コンクリート台にえぐられた、穴が大きくなるにしたがい、警部も金田一耕助もしだいに昂奮が大きくなってくる。ふたりとも全身にねっとりと汗《あせ》をかいていた。

この四角なコンクリート台は、なかまですっかりコンクリートで埋《う》められているので、それを全部打ちこわすのは容易ではなかった。それでも土工の鶴嘴の打撃《だげき》によって、四角な台はしだいにうえからくずれていく。

やがて、台が半分ほどに削《けず》られたとき、

「あっ、ちょっと待って！」

と、土工を制した金田一耕助は、懐中《かいちゅう》電灯を取り直してくずれた台のなかをのぞいていたが、すぐに警部をふりかえると、

「警部さん、あなたもちょっとのぞいてごらんなさい」

耕助の言葉に、警部も不思議そうに台のうえからのぞいたが、そこにあるものをひと眼見ると、

「や、や、これは……」

と、のけぞるようにして声をあげたが、それも無理ではなかったのだ。

おお、なんということだ。コンクリート台のなかには無気味な白骨が、まるで仏様のように坐《すわ》ったまま、塗《ぬ》り込められているではないか。

警部は大きく息をはずませて、

「金田一さん、金田一さん、いったい、あれはだれなんです」

「警部さん、あの白骨のまとっている衣裳《いしょう》はすっかり腐敗《ふはい》しているわけでもない。いくらかもとの面影《おもかげ》をとどめています。だから川島家のだれかに見せれば、それがだれの衣裳であるかわかると思うのですが、ぼくの想像にしてあやまりがなければ、あれこそ、川島夏代や上野里枝の異父妹、岡山市のマーケットのなかで、窮死《きゅうし》したと思われている君子なんですよ」

「君子、君子……おお、それでは君子はこんなところへ埋められていたのか。そしてだれがいったい、こんなところへ君子を埋めておいたのです」

「それはいうまでもなく川島女史です。川島女史はね、あやまって妹の君子を殺したのですよ。そして、その死体の処置に困ったあげく、折りから建設中だった、この胸像の台のなかに埋めてしまったのです。川島家の悲劇はそのときからはじまったのですよ」

恐《おそ》ろしき暴露《ばくろ》であった。ことに川島家の遺産相続人として指定されている澄子にとっては、骨をえぐられるような恐ろしくも悲しい暴露であった。しかし、すべて真実は語られねばならぬ。それがよし、いかに苦痛の多いものであろうとも——。

死体の発掘は刑事と土工にまかせておいて、それから間もなく、川島家の母屋へひきあげた金田一耕助と警部のふたりは、真実を欲してやまぬ澄子をもまじえて、改めて、今度の事件について語りあったのである。

むろん、その語り手は耕助だった。かれは淡々《たんたん》として語るのである。澄子のためにできるだけ、刺激的《しげきてき》な言葉を避《さ》けて語るのだが、それでもなおかつ、事実そのものの恐ろしさを、少しでも和らげることはできなかった。

「この事件解決についての第一の功労者は、なんといってもここにいる澄子さんなんですよ。澄子さんはね、岡山市のマーケットに住んでいた、野口慎吾という気ちがいめいた美術家がしばしばマーケットを留守にしたという記事を、新聞で読んだとき、ハッとある疑いをいだいたのです。むろん、その疑いは決定的なものじゃなかった。しかし、もしやというかすかな疑念が、澄子さんの胸に起こったことはたしかです。そこで、野口がマーケットを留守にした、正確な日付けを知りたいと、このぼくに申し込んだのです。その刹那《せつな》、ぼくは澄子さんが、だれかを疑っているにちがいないと思った。しかも、澄子さんのように、めったに学園からはなれることのない少女が、疑うとすれば、その身辺にいるだれかにちがいありません。そこでぼくは、澄子さんの身辺、この学園の関係者で、だれか野口に相当しうる人物はないかとさがしていたのです。そして、その結果、釘《くぎ》をさしたのがあの圭介だったのです」

警部は眼をまるくして、

「それじゃ、あの野口というのは、圭介の変装だったというのですか」

「そう」

「しかし、東京にいる圭介がどうして岡山へ――」

「いいえ、圭介は七月の中旬《ちゅうじゅん》から九月の下旬まで、明石《あかし》でひらかれていた、新制高校の先生がたのためにひらかれた、講習会に出ていたのですよ。明石から岡山まで、そう遠くはありません。日帰りだってできたでしょう。しかも、ぼくがひとに頼んで、明石と岡山の両方をしらべたところによると、講習会は一週間に三日つづけてあり、あとの四日は休みだったのです。そして、その休みのときは、圭介はいつも近県を旅行してくるといって、下宿をあけていたそうです。しかも、一方、岡山のマーケットにいた野口は、明石で講習会があるあいだは、いつもマーケットを留守にしていたことがわかったのです。つまり圭介は明石と岡山を往復してたくみに一人二役を演じていたんですよ」

「しかし、しかし……」

警部はわけのわからぬ錯乱《さくらん》を感じながら、

「あのマーケットで、野口と同棲《どうせい》していた女というのはどうしたのです。それこそ、君子だと思われている……」

耕助はニッコリ笑って、かるく首を左右にふると、

「なに、そんな女ははじめからいなかったのですよ。げんにマーケットの住人でも、だれひとり、あの腐爛《ふらん》死体が発見されるまで、女のすがたを見たものはなかったじゃありませんか。おまけに野口がしばしば家をあけたそのあいだ、どうして女が食っていたか、

疑問視されているくらいです。夏場のことだから、煮焚《にた》きしたものを、のこしていくわけにはいかないはずだ。と、なると、女が炊事《すいじ》をするところを、だれかが見ていなければならぬはずだのに、だれひとり、そういう女を見たものはないのです。しかも、水道は共同栓《せん》なんです。水ものまずにどうして女が生きていられたか……、そういうことから考えると、女なんてはじめから、いなかったと断定するよりほかはないのです。隣《となり》のおかみさんが壁越《かべご》しにきいたという男女の睦言《むつごと》だって、野口ひとりで演じてみたのかもしれない。いや、ひょっとすると、上野里枝がこっそりあいにいったのかもしれませんね。げんに上野里枝は八月のはじめごろ、一週間ほど関西旅行をしているのです」

「それじゃ、里枝と圭介は……？」

「そうです。年齢《ねんれい》からいえば里枝のほうがうえですが、ふたりは恋仲《こいなか》だったのです。それを川島女史に感づかれた。川島女史がそれを許しておくはずはありません。いったん養子ときめた圭介ですが、いつか取り消そうと考えはじめたのです。それを知ったものだから、二人の悪企《わるだく》みの萌芽《ほうが》がきざしはじめたのですよ」

「しかし、それでは岡山のマーケットで発見された腐爛死体は……？」

「あれはね、この事件とはなんの関係もない女なのです。岡山市の公園を、根城にしていた夜の女のひとりなんです。圭介はかねてからその女に眼をつけていた。年恰好《かっこう》からいって、君子の身替《みが》わりにはうってつけです。圭介はその女が肺をわずらっていて、命《めい》旦夕《たんせき》にせまっていることを知っていた。そこでその女がいきをひきとる直前に、ひそかにマーケットへつれこんで、その女が死ぬのを待ち、腐爛のために相好《そうごう》のみわけもつかぬようになるのを待って、わざと発見されるようにしたのです」

「しかし、あのデス・マスクは……？」

「ああ、あのデス・マスク！」

金田一耕助は、うれしそうに、俄《にわ》かにがりがり頭をかきまわすと、

「あのデス・マスクと野口慎吾のもっともらしい告白書、あれこそはこの事件における最大の欺瞞《ぎまん》であると同時に、かつまた、最大の傑作《けっさく》でもあったのです。あのデス・マスクと持ち物以外には、あの腐爛死体が、指名手配中の葉山京子、すなわち山内君子であると証明しうる何物もなかった。いや、持ち物だけではまだ疑問の余地がのこったでしょう。しかし、あのデス・マスク。あれがあったためにだれひとりあの腐爛死体が、葉山京子であることを疑うものはなかった。そこにかれらの最大の欺瞞があったのです」

「しかし、そのデス・マスクは……」

「この家でとられたのですよ。そうです、この家の地下室の床に、デス・マスクの原型があるのですよ」

警部はおどろいて、とびあがった。大きく眼をみはって、金田一耕助をにらみながら、

「この地下室にデス・マスクの原型が？……」

「そうです、そうです。いずれあとでお眼にかけますが、それではどうして、そんなところにデス・マスクの原型ができたか……それを説明するためには、話をこの春までさ

かのぼらねばなりません。君子は姉の教育のきびしさにたえかねて、家を出ると葉山京子と名前をかえ、銀座のキャバレーで働いていた。ところがそこで、恋人《こいびと》だかパトロンを射殺するような事件が起こって、彼女はひそかにこの家へ逃げてかえったのです。君子から事情をきいた川島女史の驚《おどろ》きは、いったいどんなだったでしょうか。彼女はともかく地下室へ君子をかくして、はげしく折檻《せっかん》したところが、その折檻が過ぎたのか、君子は急に死んでしまった。つまり顔を下にして床《ゆか》に倒《たお》れたのですが、そのときちょうど顔にあたる部分の床が、新しく塗りかえられたばかりだったので、そこにくっきり、君子のデス・マスクの原型ができたのです」

警部は驚いて言葉もなかった。澄子も恐ろしさにうつむいて、ただわなわなと肩をふるわせている。

金田一耕助は言葉をついで、

「さあ、そのときの川島女史の驚き……ご想像ください。たといあやまちとはいえ人ひとり殺したのです。しかも教育者としての自分の立場……それをかんがえると、どうしてもこの殺人はかくしおおさねばなりません。幸い、葉山京子が山内君子だと知っているものはひとりもなく、また、君子がこの家にまいもどったことを知っているものもありません。そこで、川島女史は君子の死体を、折りから建設中だった、胸像の台のコンクリートのなかに埋めることによって、まんまと殺人をかくしおおせたのです」

「それを圭介や上野里枝が知ったのですね」

「そうです、そうです。ふたりがどうして知ったのかぼくにもわかりません。おそらく川島女史は、死体をかくすのに、ふたりの力をかりるようなことはなかったでしょう。さて、これを知った圭介と里枝は、地下室の床にのこったデス・マスクの原型を利用して、世にも悪辣《あくらつ》な脅迫《きょうはく》を思いついた。そして、それが岡山市のマーケットにおける、あの一幕となって現われたのです」

「しかし、また、なんだってあんなややこしいことをやったんです」

「それはね。もし手をくだして川島女史を殺さねばならぬような場合、野口という架空《かくう》の人物に、罪を転嫁《てんか》しようとしたんですね。しかし、はじめは里枝も圭介も、手をくだすまでもあるまいと、たかをくくっていたのでしょう。君子を殺して以来、良心の呵責《かしやく》のために、ひどく衰弱《すいじゃく》している川島女史は、送られてきたデス・マスクをみるだけで、ショックのために死んでしまいはしないか……と、そんなふうに考えたのです。事実、もう少し時日があったら、川島女史はしだいに衰弱して、手を下すまでもなく、死んでしまったかもしれません。ところがかれらは事態が切迫《せっぱく》して、いそいで事を始末しなければならないことに気がついたのです」

「それはどうして……？」

「まあ、考えてごらんなさい。川島女史はあのデス・マスクを見た瞬間《しゅんかん》から、圭介と里枝の計画に気がついたのです。どこから送られてこようとも、あのデス・マスクは、地下室の床からとられたものにちがいないということを、川島女史は知っている。そしてあの地下室の床から、そういうデス・マスクをつくるチャンスを持っているのは、家人以外にはありません。川島女史はすぐにふたりが自分の秘密を知っていて、デス・マスクを種に脅迫しているのだと覚《さと》ったのです。しかし、それかといってそのことを、だれにうったえることもできません。うっかりうったえたら、自分の罪が暴露するのですから。そこが川島女史のくるしいところでもあり、圭介や里枝にとっては、そこがまたつけ目だったわけです。ただ、かれらの誤算は、川島女史が予想よりはるかに強靭《きょうじん》であったこと、しかも、ふたりを疑った川島女史が、ひそかに遺言状をかいて、ふたりを遺産相続から、オミットしたこと。それに気がついたものだから、かれらは事を急がねばならなくなった。遺言状が発表されるまえに川島女史を殺さねばならなくなったのです。そこでまた圭介が得意の変装をもって、跛《びっこ》の男になりすまし、まず川島女史を殺し、ついで澄子さんの手から遺言状を奪《うば》いかえそうとしたのですが、それに失敗したものだから、今度は大胆《だいたん》にも寄宿舎に火を放って、澄子さんを焼き殺そうとはかったのですよ」

これですべては暴露した。数々の陰惨《いんさん》な事実は、ことごとく明るみへ出たのである。実にこの川島家こそは、二重三重の呪《のろ》いと憎《にく》しみにみちみちた家だったのだ。

澄子はいっぱい涙《なみだ》のうかんだ眼をあげると、

「先生」

と、はじめて金田一耕助をこう呼んだ。

「いったい、あたしはどうなるのでしょうか」

「澄子さん、あなたはこれからどうなるかと考えるまえに、自分がだれであるかを考えねばなりませんよ」

澄子は物問いたげな眼をみはった。耕助はそれをいたわるように、

「川島女史は気の毒なひとでした。わかいころ、ある男性と恋《こい》におちて、可愛《かわい》い赤ちゃんをうみおとしたのです。しかし、厳格な祖母の春子刀自《とじ》が、その恋愛《れんあい》を許すはずはなかった。ふたりの仲はひきさかれ、うまれたばかりの赤ちゃんは、白井という家に里子《さとご》にやられたのです。川島女史が生涯《しょうがい》独身で通そうと決心したのは、実にこういう悲しい思い出があったからですよ。春子刀自が生きている間は川島女史も、里子にやったお嬢《じょう》さんを取りもどすことはできなかった。しかし、春子刀自が亡くなったので思いきってその子を手もとにひきとり、立派に教育しようとしたのです。教育家という体面上、親子の名乗りはできなかったけれど……澄子さん、わかりますか。それがあなただったのですよ。だからあなたはだれに遠慮《えんりょ》をすることもない。当然、川島家を相続するひとなのです。川島女子学園は、今度のスキャンダルで名声がおちるでしょう。しかし、努力しだいでまた、昔《むかし》の名誉《めいよ》をとりもどすこともできるのです。そして澄子さん、あなたはそれができるひとなのだ。あなたは誠実で勇気がある。また学園には多くの協力者もありましょう。そのひとたちと力をあわせて、あなたは川島女子学園を、もう一度昔の名声にまで、盛《も》りかえさねばならないのですよ」

澄子は泣いている。悲しみえぐられるように泣いている。その泣き声はいつまでもい

つまでもつづいていた。

しかし、その涙がかわいたとき、きっと彼女は立ち上がるだろう。協力者の善意を力に、彼女はきっとこの学園を、潔《きよ》く、正しく、明るくもり立てていくだろう。

上海《シャンハイ》氏の蒐集品《コレクション》

第一部　台地の上

1

上海太郎《シャンハイたろう》氏はきょうもまた、わずかに残る丘《おか》のうえの草原に腰《こし》をおろして、悲しそうにあたりを見回しながら、マドロス・パイプをくゆらしていた。

二年ほどまえまでこのへんはちょっとした雑木林《ぞうきばやし》であった。雑木林にはよく鳥が来た。林のなかでいちばん高い杉《すぎ》の木には、百羽くらいのムクドリが巣《す》を作っていて、あらゆる枝《えだ》に鈴《すず》なりになっていた。一羽が飛び立つと連鎖《れんさ》反応《はんのう》を起こしたように九十九羽が飛び立って、たがいに鳴きわめきながら林のうえを旋回《せんかい》するのが壮観だった。雨の日や曇《くも》った日に限ってオナガが群をなしてやってきた。銀灰色のタキシードに、黒い帽子《ぼうし》をかぶったこのしゃれものは、姿に似合わず声が悪かった。ギーギーとハスキーな声をあげながら、ムクドリと縄張《なわば》り争いにファイトを燃やした。

四季おりおりにウグイスが来た。ヒワが来た。オナガが来た。モズが来、ヒヨドリが来て上海氏を慰《なぐさ》めてくれた。春のおわりになると楢《なら》の新芽があざやかな緑の点描《てんびょう》をえがき、それがどくどくしい色になって林をおおうと夏が来た。早春の暖かい日をえらんで林の中を歩いていると、ひっそりと椿《つばき》の花が咲《さ》いていた。秋が深まると下草のなかに石蕗《つわぶき》の花の黄色が鮮《あざや》かだった。

もとここは御料林《ごりようりん》だったそうである。それが戦後付近の農民に分譲《ぶんじよう》され、開墾《かいこん》されて麦畑や野菜畑になった。雑木林のままで残っているのが、昔の御料林の名残りである。上海太郎氏がこの地に住みついた昭和三十三年ごろはそういう姿であった。なんの変哲《へんてつ》もない雑木林なのだけれど、孤独《こどく》な上海氏にとってはついこのあいだまで、このうえもないよい憩《いこ》いの場所だった。

それがいまはどうだろう。微風《びふう》が梢《こずえ》をそよがせていた林のあとには、他を威嚇《いかく》するような四階建ての建物である。ヒバリが賑《にぎ》やかな囀《さえず》りを聞かせていた麦畑のあとにも、傲《ごう》慢不遜《まんふそん》の面構えをした、鉄筋コンクリートの建物があたりを睥睨《へいげい》している。かつて楢の新芽がうつくしいつづれ織りをくりひろげていた林のあとには、オシメの満艦飾《まんかんしよく》が臆面《おくめん》もなく展開されて人間の生活力の旺盛《おうせい》さを誇示《こじ》している。

上海太郎氏がこの地へ定住した昭和三十三年ごろ林の端《はず》れに一宇《いちう》の辻堂《つじどう》が立っていた。辻堂はそのころすでに忘れられた存在だったらしく、軒《のき》も柱も荒《あ》れ果てていた。破れた格子のなかを覗《のぞ》いてみると、白い埃《ほこり》をかぶった木像が薄暗《うすぐら》い壇《だん》のうえに立っていた。板の壁《かべ》には古びた絵馬《えま》が一枚ぶらさがっていた。絵馬のおもてには墨《すみ》くろぐろと男の手型が捺《お》してあり、二十五歳未《さいひつじ》年の男と書いてあった。祈武運長久と書いてあるところを見ると、戦争中応召《おうしよう》した二十五歳の男が奉納したのであろう。軒端《のきば》にはなんの願掛《がんか》けか女の黒髪《くろかみ》がひと房《ふさ》ぶらさがっていて、風に吹《ふ》かれて揺《ゆ》れていた。こけら葺《ぶ》きの屋根も朽《く》ち果てて、人間の指に似た青白い隠花《いんか》植物が簇生《そうせい》していた。

その辻堂も取り払《はら》われて、また新しくなにかが建つらしく土がひろく掘《ほ》り返されている。大きな甲虫《かぶとむし》のような掘削機《くっさくき》が二台けたたましい音を立てて這《は》いまわっている。甲虫の顎《あご》でしゃくいあげられた赤土が、かつては池であったがいまは干上がってしまった大地の窪《くぼ》みを埋《う》め立てている。コンクリートを吊《つ》りあげる鉄のタワーが三本立ちかけていた。

わずかに残された草地に腰をおろして古ぼけたマドロス・パイプをくゆらせながら、上海氏は眼《め》で団地建設予定地を探してみた。かれの求めるものは見当たらなかった。いまはお八つの時間だ。二台のショベル・カーの運転手をのぞいて、ほかの作業員たちはみんな飯場へいっているのである。飯場は上海氏の背後に聳《そび》えている十二棟《とう》の団地の向側になっている。上海氏の眼はそこを離《はな》れて台地の下へ這っていった。

いま上海氏のうずくまっているところは、K台地の西の端れに当たっており、大地はそこで大きく陥没《かんぼつ》していた。陥没した台地の下には畑や水田がつづいていて、そのあいだを武蔵野《むさしの》特有の雑木林が点綴《てんてい》している。畑や水田や雑木林のはるかむこう、台地から三キロほどへだてたところに多摩《たま》の流れが乳灰色にうねっている。多摩川の向側に、まゆずみ色の丘陵《きゅうりょう》がながながとつづき、丘陵のむこうにかすんでいるのは南アルプスの連《れん》峰《ぽう》である。よく晴れて空気の清澄《せいちょう》な日にはその連峰のさらにむこうに、クリームをまぶしたケーキのように、真っ白な富士《ふじ》が望まれるのである。

上海氏がその場所をこのうえもなく愛したのは、小鳥や花や草や木とともに孤独《こどく》を楽しむことが出来たからだが、もうひとつにはこの眺望《ちょうぼう》に心を惹《ひ》かれたからでもあった。東京の近郊《きんこう》としては珍《めずら》しくそこにはのどかな田園風景がひろがっていた。たとえ殺風景なトラックが砂埃《すなぼこり》をあげて、その田園のなかを貫《つらぬ》く道路を疾走《しっそう》していったとしても、竹《たけ》藪《やぶ》に取り囲まれた荒壁《あらかべ》の土蔵や、こわれかかった土橋のひなびた風情をそれほど損うものではなかった。茅葺《かやぶ》きの屋根にそよぐ雑草にも趣《おもむ》きがあった。

しかし、上海氏が愛したそれらの風景も一昨年までのことであった。一昨年台地の上に団地が出来はじめると同時に、台地の裾《すそ》を走っている舗装《ほそう》道路ひとつへだてたその農村にも大きな変化が起こりはじめた。茅葺きの農家は取りこわされて、あとには近代的な塗料《とりょう》で塗装《とそう》された新建材の家が建った。竹藪は伐《き》り払われて荒壁の土蔵のあとにギャレージが出来た。柴《しば》の垣根《かきね》のかわりにブロックの塀《へい》がめぐらされ、かつては毀《こわ》れかかったラジオがキーキー声をあげていた家の屋根に、テレビのアンテナが立ちステレオの音が聞こえはじめた。

　それではかつての住人はそこを立ちのき、新しい住人がやってきたのか。そうではなかった。容器は変わっても内容は昔《むかし》と同じであった。ただ経済的に充実《じゅうじつ》したのである。台地の上の畑や林を公団に売り払うことによって、一躍巨万《いちやくきょまん》の富をつかんだ農民たちはきそって家を建てかえた。トラックを購入《こうにゅう》し、なかには乗用車を手に入れたものもある。

心掛《こころが》けのよいのは敷地《しきち》内に二階だてのアパートを建設した。

上海氏の物思わしげなうつろな眼は、一軒《けん》一軒それらの家を追っていたが、いつもその視線が落ち着くのはすぐ眼下に見える一軒である。

その家だけが周囲の変貌《へんぼう》から取り残されていた。細い溝《みぞ》をへだてて舗装道路に面した柴垣《しばがき》はいまも毀れかかったままである。垣根の内側には樫《かし》や椎《しい》や栗《くり》の木が枝をまじえて繁《しげ》っていて、その葉がくれに見える平家の屋根は瓦《かわら》こそおいてあるが、そのあいだから一面にひょろひょろとした雑草が生えている。荒壁の納屋も物置きも軒が傾《かたむ》いて、土の落ちた壁のなかから古縄《ふるなわ》が簾《すだれ》のように垂れ下がっている。見るからに日当たりの悪そうな家の中は、畳《たたみ》にキノコでも生えているのではなかろうか。便所の匂《にお》いが鼻をつくだろう。おりおりラジオの聞こえてくることがあるが、いまも調子の狂《くる》ったままである。上海氏はその家の苗字《みょうじ》を知っていた。古池《ふるいけ》というのである。

足音が聞こえたので振《ふ》りかえると女の子がそこに立っていた。いま上海氏のいるところより、少し小高いところに立っているのでひどく背が高く見えた。紺《こん》のスカートに白いブラウス、赤いカーディガンを着ていて、手に鞄《かばん》をさげているところを見ると学校帰りだろう。団地を抜《ぬ》けてきたのに違《ちが》いない。少女はそこに上海氏がいることを知っていながらわざと無視した。小高いところに立ったまま、いま建ちかけている鉄のタワーを見ているのだが、その姿勢にはどこかギゴチないところがあった。年齢《ねんれい》からいって高校生だろう。上海氏はその少女を知っているのだが、強いて声をかけようとはしなかった。

お八つの時間が終わったとみえ、団地のあいだからゾロゾロとヘルメットをかぶった作業員がやって来た。なかには猫車《ねこぐるま》を押《お》しているのもいる。猫車というのはコンクリートを運ぶ車で、表面が浅い皿《さら》になっており、高いところに組み立てられた、狭《せま》い板の上を渡《わた》るので一輪車になっている。掘削機によって掘《ほ》られた大きな穴の一方には、すでに枠板《わくいた》と鉄骨を組み合わせて深さ二メートル、幅《はば》五十センチの溝が作られ、コンクリートを流し込《こ》むばかりになっている。

作業員の何人かは溝を完成するために穴へ跳《と》びおり、他の何人かは鉄のタワーへ登っていった。一番あとからやってきたのが現場監督《かんとく》である。現場監督も鉄のヘルメットをかぶっていた。鼠色《ねずみいろ》のセーターの上にカーキー色の上衣《うわぎ》を着て、ゴルフ・パンツのような半ズボンに黒いゲートルを巻き、地下足袋《たび》をはいているのが野性的に見えた。広い肩《かた》と厚い胸板と野獣《やじゅう》のような顔をもった男である。年齢は四十前後だろう。

現場監督は遠くのほうから少女の姿を見ると擽《くすぐ》ったそうにニヤリと笑った。日焼けした顔からのぞく真っ白な歯がひどく肉感的だった。しかし、すぐ気がついたようにわざとむつかしい顔をすると、鉄塔《てっとう》の上にいる男に何かわめいた。上海氏の耳にはなんとなくそのわめき声がそらぞらしくひびいた。少女はいちどもそのほうへ眼をやらなかった。眩《まぶ》しそうな眼で鉄塔のうえにいる作業員を見ていたが、やがて無言のまま上海氏のまえを通り過ぎると、だらだら坂を降りはじめた。少女は突然《とつぜん》坂の途中《とちゅう》で立ちどまった。あわてて崖《がけ》のほうへ身を寄せた。

古池家の入口は舗装道路の反対側にある。柴垣の端《はず》れに細い露地《ろじ》があり、そこから舗装道路へ出られるようになっている。いまその露地から黒い鞄をさげた若い男が跳び出して来た。露地を出るまえちょっとあたりを見まわしたようである。濃紺《のうこん》の背広を身だしなみよく着こなしているが、ネクタイがあわてて締《し》めたようにひん曲がっていた。いま少女のいる坂の下にはバスの停留所があるのだが、そこから乗る気はないのか、髪《かみ》の毛を掻《か》き上げながらスタスタと反対側のほうへ歩いていった。

男のうしろ姿がよほど遠くなってから少女は崖の下から出てきた。男のうしろ姿を見送る少女の横顔には、怒《いか》りからくる硬《かた》さが見られた。少女は崖の上を振りかえった。崖の上には現場監督が立っていて、かれもまた鞄の男のうしろ姿を見送っていた。少女が振り返ったとき現場監督も下を見た。ふたりの視線が合ったとき、そこに合図めいたものがかわされたかどうか、そこまでは上海氏も見ていなかった。

2

団地の正面には十メートル道路が、団地と平行に走っていて、それを突《つ》っ切ると上海氏の住んでいる町である。昭和初年にひらけた高級住宅地として知られていた。道路を突っ切るとムベの蔓《つる》を垣根にからませた家がある。ムベはアケビによく似た植物だが、アケビは落葉するのにムベは年中葉が落ちない。幾度《いくど》か水をくぐって色褪《いろあ》せた浅葱《あさぎ》のジ

ーパンをはいた左脚《あし》を引きずるように、上海氏がそのまえを通りかかると、

「上海さん、上海さん」

と、垣根のなかから声がかかった。声をかけたのはこの家のあるじで小説家である。土いじりをしていたとみえて手に小さなシャベルを持っている。小説家が垣根のそばへやってきたので上海氏もスケッチ・ブックを小脇《こわき》に抱《かか》えたまま立ちどまった。鼠色のセーターにベレーをかぶっていて、ベレーの下からはみ出した上海氏の髪は真っ白だ。

「どうです。その後お作は？」

小説家がニコニコしながらたずねた。いたわるような調子である。よく肥えた恰幅《かっぷく》のよい人物であった。小説家というより大会社の専務取締役《とりしまりやく》といった風格である。

「はあ、それが一向に……」

上海氏は破れた靴《くつ》の爪先《つまさき》に眼を落として、すまなそうにもぐもぐ答えた。

「いけませんねえ、そう懶《なま》けちゃ……」

「すみません。もうひとつ気が乗らんもんですから……」

「なにもわたしに謝ることはないが……それであのほうは大丈夫《だいじょうぶ》ですか」

「あのほうとは……？」

「いや、暮《く》らしのほうのことですよ」

「ああ、そのほうならまだ当分。困ったらなにか画《か》きます」

「困らなければ画かないんだ、あなたというひとは。まあ、よろし、よろし、困ったら

いつでもいってきてくださいよ。じゃ、失敬」

上海氏がいきかけると、

「ああ、ちょっと、ちょっと」

と、また小説家が呼びとめて、

「あなた、こないだ三国屋へいかれたそうですね」

「ええ、ちょっと……」

上海氏は伏眼《ふしめ》がちの眼をいよいよ落とした。なにか心に刺《さ》さるものがあるらしかったが、小説家は気がつかず、

「あそこもすっかり変わってしまいましたね。わたしも久しぶりに仕事を持っていったんですが、連れ込み宿同然になってしまって……」

「はあ……」

「いや、失敬、失敬、お引きとめして」

「じゃ……」

上海氏の住居はそこから三百メートルほどいったところにある。そこはK台地の東の端れに当たっており、大地はそこでまた数メートルの断層をなして陥没している。崖の下の平地には幅四メートルくらいの川がうねりくねって流れているが、その川をなかに取りいれてK映画の撮影所《さつえいじょ》がひろい面積をしめている。崖は六十度くらいの角度で傾斜《けいしゃ》しているが、その斜面《しゃめん》にはいちめんに楢や櫟《くぬぎ》や椎の木が生えていて、それが崖崩《がけくず》れを支

えているのである。上海氏の住居はそういう雑木を伐り払ったあとのけわしい斜面に建っていた。

崖縁《がけぶち》を走っている狭い道路とおなじ平面に屋根を持つこの風雅《ふうが》な家は、ごく一部分をのぞいて上海氏の手によって建てられたものである。材料は撮影所のセットに使った古材木だった。上海氏はごくわずかのあいだだがその撮影所に勤めていたことがあり、皆《みな》から愛されていたので土地なども撮影所から借りているのである。

古材を集めて作った十畳《じょう》ひと間ほどのその住居は、お世辞にも豪華《ごうか》とはいえないが、決して不潔な印象をひとに与《あた》えなかった。むしろアブストラクトの絵を描《か》く上海氏の住居としては、打ってつけとも思われた。さりとて上海氏ははじめから奇《き》をてらったわけではなく、大工仕事に対するかれの能力と経済力とが、これを建てるのに精一杯《せいいっぱい》だったというわけである。

しかし、よく設計されていて台所も食堂もそこにあった。いわゆるダイニング・キッチンというわけである。おまけにここは寝室《しんしつ》も居間もかねている。上海氏は背後の崖を削《けず》ったその土で部屋《へや》の前にかなり広いテラスを造った。テラスの表面は古瓦《ふるがわら》や古煉瓦《ふるれんが》、コンクリートの破片などをたくみに配して、そのあいだをセメントで塗《ぬ》りかためたので、ちょっと気の利いたモザイクになっている。テラスのすぐまえにはKスタジオのダーク・ステージの大きな建物が、鼻をつきそうなところに建っているし、上には樒の大木がからかさをひろげたように覆《おお》いかぶさっているので、上海氏はそこでだれにも見られずに絵を描くことが出来るのである。

部屋のなかは上海氏の奇妙《きみよう》なコレクションで埋まっていた。自動車の古タイヤがあるかと思うと鳶職《とびしよく》の印袢天《しるしばんてん》がかかっていた。古い蓄音器《ちくおんき》の機械だけがむき出しにされているかと思うと大きな桝《ます》と漏斗《じようご》があった。柄《え》のない鶴嘴《つるはし》があるかと思うと小さな鼻欠け地蔵が飾ってある。鼻欠け地蔵には色の褪《あ》せた涎掛《よだれか》けがかかっていた。昭和三十三年上海氏がこの土地へ住みついたころ、古びた辻堂の中で見つけた武運長久を祈《いの》る絵馬もそこにある。べったりと手型を捺したやつだ。しかし、その辻堂はいまはない。

上海氏はこのほかこれに類するコレクションを無数に持っていて、ときどきそれらのコレクションで部屋の飾りつけを変えるのだが、そんなときにはまる一日かかるのがふつうであった。

小説家と別れた上海氏は洞穴《ほらあな》のようなその住居へかえってくると、部屋の窪みになっているベッドの端《はし》に腰をおろした。その窪みの壁には船の舵輪《だりん》が飾ってあるが、そういえば天井《てんじよう》の低いこの部屋全体が船室のような感じであった。上海氏の顔色はなんとなく沈《しず》んでいた。皺《しわ》のふかい顔にいよいよ皺が深くなっている。パイプの煙草《たばこ》を詰《つ》めかえてしきりになにか案じていたが、やがてやおら立ちあがると、押し入れのなかから一枚のカンヴァスを取り出してきた。ベッドの端に腰をおろすと身じろぎもせずカンヴァスの表を視詰《みつ》めている。

カンヴァスは枠に貼《は》ってあり大きさは二十号くらい、赤だの青だのの原色が強いタッチで叩《たた》きつけてある。この物静かな上海氏のどこにこういう情熱が秘められているのかと、疑われるばかりの強烈な色彩《しきさい》の配合だったが、それはそれで不思議な調和を保っていた。それぞれの色彩の美しさはこのひと独特のものである。

アブストラクトだから、ちょっと見たくらいではなにが画いてあるのかわからないが、長く視つめていると女の顔が強いタッチのなかから浮《う》きあがってくる。さらに瞳《ひとみ》を定めてよく見るとその顔はさっきのあの少女らしかった。少女の顔は非常に大きくデフォルムされていて多分に肉感的で、コケティッシュだった。絵の具の落ちつきかげんからして相当まえに画かれたものらしい。

上海氏の眼に涙《なみだ》がにじんで来た。それは苦い思いを嚙《か》みしめる涙らしかった。上海氏はそのカンヴァスを裏返しにしてベッドの下へ突っ込むと、両手で頭を抱えこんだ。

上海氏の住む町を南北にわかって走っている私鉄に乗って、多摩川を渡ると遊園地がある。遊園地は近年に出来たものだが、昔そのへんは鎌倉《かまくら》街道に当たっていて街道筋には、二、三軒割烹《かっぽう》旅館がある。それらの割烹旅館はもと旅の行商人たちのための旅籠《はたご》だったが、昭和の初期にそこを私鉄が走るようになってから釣《つ》り客のために繁昌《はんじょう》した。どの旅館でもそれらの客のために表に面した旅籠の背後に、ちょっと小ましな二階建ての座敷《ざしき》を建てた。さらに戦後赤線が廃止されてから、それらの旅館はアベックたちに利用されるようになった。そこでそれらの客の需《もと》めに応じるために、どの旅館でも四畳半《よじょうはん》くらいの小座敷をたくさん作って、それを渡り廊下《ろうか》で母屋《おもや》になっている二階建てとつないだ。さっき小説家がいっていた三国屋というのはそういう割烹旅館のひとつである。

都心へ出ることを好まぬ上海氏はときどき遊園地へ出掛けることがあった。ことに団地のためにお気にいりの散歩コースや休息場を奪《うば》われてから、遊園地へ足を向けることが多くなっていた。だいぶんまえ上海氏は小説家に教えられて三国屋を識《し》った。小説家はときどきここへ仕事を持ってくるらしいのである。

十日ほどまえの午後二時ごろ上海氏は三国屋の二階の座敷へ通された。二階は十二畳ふた間と十畳が並《なら》んでいて、襖《ふすま》をぶちぬくと宴会《えんかい》も出来るようになっていた。ほかに客もなかったのと紹介者《しょうかいしゃ》の小説家がここではよい顔らしく、上海氏も優遇《ゆうぐう》されてこのときも二階の十二畳に案内された。もっともこんなときの上海氏はさすがに小ざっぱりとした背広を着ている。

鰻《うなぎ》が焼けてくるあいだ上海氏は立ってトイレへいった。このトイレは三間並んだ座敷の裏側を走っている廊下の端にあり、どういう設計の誤ちからかこのトイレの窓から階下の小座敷へ通ずる渡り廊下が、すっかり見下ろせるのである。しかも、その渡り廊下の途中にアベックたちのための浴室がある。

上海氏が用をたしてそこを出ようとしたとき浴室のガラス戸が開く音がして女が出てきた。女は宿の浴衣《ゆかた》を着て細帯を締めていた。なんとなく挙動がソワソワしていて落ち着きを欠いていた。女はガラス戸を出ると廊下のあちこちを見回したのち、渡り廊下の外を覗き、上を仰《あお》いだ。そのとたん上海氏は胃の腑《ふ》に強いパンチを喰《く》らったような衝撃《しょうげき》を感じた。

女はあの少女であった。少女の頬《ほお》は朱《しゅ》をそそいだように燃えており、キラキラとうるんだような眼は、誘発《ゆうはつ》されたまま、まだ充足《じゅうそく》されていない欲望に対する強い渇《かわ》きのためにうわずっていた。少女の姿はすぐ視界から消え去った。どこか近くの部屋の襖が開かれてまた閉ざされる音が聞こえた。しかし、いま一瞬《いっしゅん》かれのまえを横切ったその影像《えいぞう》がいつまでも上海氏の網膜《もうまく》に焼きついていて、この人を嘲弄《ちょうろう》するかのように躍動《やくどう》していた。ふだん見なれた服装《ふくそう》とちがって派手な浴衣に細帯姿でいるところを見ると、彼女《かのじょ》がもはや十分成熟していることを認めざるをえなかった。

浴室のガラス戸が開く音がしたので、上海氏はあわててトイレのなかで首をすくめた。出てきた男の女とお揃《そろ》いの浴衣を着た肩幅《かたはば》の広さを見て、上海氏は強い恐怖《きょうふ》を感じた。それが嫉妬《しっと》であることに上海氏はまだ気がつかない。男は帯をしめていなかった。合わせた浴衣のまえを右手でおさえ、左手で細帯や直接肌《はだ》につけるもの一切をまとめて抱えていた。

浴室を出ると男もちょっと前後を見回し、渡り廊下の外を覗き、上を仰いだ。男の顔も燃えるように紅潮しており、双眸《そうぼう》は少女と同じ渇きでうわずっていた。しかし、少女とちがって日焼けした顔から白い歯がこぼれているのは、罠《わな》に落ちた獲物《えもの》を料理するときの猟人《りょうじん》たちが期待と歓《よろこ》びに舌なめずりをしているのと同じように見えた。男は征服者《せいふくしゃ》としての自信に溢《あふ》れており、またそれだけの価値があるように思われた。

しかも、上海氏はこの男を知っていた。そのことが上海氏を一層不幸にしたのだ。現場監督であった。現場監督がものなれた狩人《かりうど》の落ち着きを見せて視界から消え去ったとき、上海氏ははげしい悪寒をおぼえ、さっきとおなじ方角から襖を開き、かつ閉じるピシャッという冷酷《れいこく》な音を聞いたとき、上海氏の膝頭《ひざがしら》はガクガクふるえた。それは掌中《しょうちゅう》の珠《たま》を奪われたような空虚《くうきょ》な絶望感から来ているのだが、上海氏はそれに気づいていただろうか。

3

上海氏が少女と親しくなったのは四年ほどまえのことだった。上海氏がこちらへ定住してから一年ほどのちのことだから、昭和三十四年ごろのことである。当時畑と林に占《し》められていたこの台地の端れは、上海氏にとってはよい散策の場所だった。足の悪い上海氏はあまり遠くまでは歩けないのである。畑の端れにある林は上海氏にとってこのうえもなくよい休息の場所だった。林の端れの草叢《くさむら》に腰をおろして上海氏は何時間でもボンヤリ過ごした。たまに気がむくとスケッチ・ブックを開くぐらいであった。

上海氏のお気に入りのその場所のすぐ足下から、坂が斜《なな》めに走って、崖裾《がけすそ》の舗装道路へ降りている。その坂をへだてた向側にはこちらより少し低い位置になだらかな傾斜地があり、春から夏のなかばにかけてはいちめんの甘藷畑《かんしょばたけ》だった。不規則な形をしているので面積ははっきりわからなかったけれど、千坪《つぼ》くらいはあったかもしれない。八月の上旬から中旬にかけて毎日ほど、その畑へ薯掘《いもほ》りにくる母と娘《むすめ》のふたりづれがあった。娘はまだ中学生らしく学校が退《ひ》けてから駆《か》け着けてきた。ふたりともよく働いて通りがかりの農夫が声をかけても、ちょっと振りかえってありきたりの挨拶《あいさつ》をひと言ふた言交わすだけであった。うっかりお愛想を振りまいて話しこまれては困るというふうだった。少女のほうが話に乗ろうとすると母が鋭《するど》い声でたしなめた。娘はちょっと舌を出すと仕方がないというふうに首を振って、またせっせと薯を掘りはじめた。母親のほうはお世辞にも美人とはいいかねたが、娘のほうはちょっと眼につく器量で可愛《かわい》かった。

上海氏の存在はだいぶんまえからこの母と娘の、関心の的になっていたらしい。しかし、寸暇《すんか》を惜《お》しむ働きものの母親は、そんなことにはかかずらってはいられなかった。彼女は薄気味悪《うすきみわる》そうな顔色で、上海氏の存在を無視してかかろうと努めているらしかった。薯掘りに疲《つか》れた少女が上海氏に関心を示そうとでもしようものなら、頭から口汚《くちぎたな》くののしった。上海氏は上海氏でだれにも孤独を妨《さまた》げられたくなかったので、少女がひそかに微笑《びしょう》を送ってきてもわざと気づかぬふうをしていた。

とうとうその少女が坂の上の道を突っ切って、上海氏のほうへやってきたのは甘薯掘りの作業も八分どおり進捗《しんちょく》した八月下旬のことだった。むろん母親の姿は見えなかった。少女はときどき微笑を送ることをもって、すでに仲よしになっていると信じて疑わぬ親しさを示しながら、上海氏のそばへ来て坐《すわ》った。

「小父《おじ》さんはエカキさんなの」

「ええ、うん、まあね」

上海氏は眩しそうな眼をあわててほかへそらしながら口のうちでもぐもぐ答えた。小説家の世話で上海氏はつい最近個展を開いた。批評家のあいだで案外評判がよく、小説家の顔もあったろうがボツボツ絵が売れはじめていた。しかし、まだまだ一人前の画家として見得を切る自信もなく、それに上海氏にはいくらか言語障害の気味があった。上海氏の厭人癖《えんじんへき》はひとつはここから来ているのである。

「うちの父ちゃんも絵が上手だったんですって」

「父ちゃんて?」

「死んだ父ちゃん、ほら、戦争で死んだ父ちゃんのことよ」

「ああ、そう、お父さん戦死したの」

「ええ、そうよ」

「それじゃ、いつもお嬢《じょう》さんといっしょにくるお母さん未亡人なのかね」

「あら、お嬢さんだなんて、うっふっふ。あたし亜紀《あき》というのよ。亜細亜《アジア》の亜と紀州《きしゅう》の紀と書くの」

「なかなかハイカラな名前だね」

「だって父ちゃん芸術家だったんですもの」

「父ちゃんエカキさんだったの」

「ううん、そうじゃないわ、ただの百姓《ひゃくしょう》よ」

「でも、絵を画くのが上手だったんだね」

「ええ、そういう話よ」

「亜紀ちゃんのうちにはそういう絵がたくさん残ってるの」

「ううん、一枚もないわ。母ちゃんが焼いちまったんですもの」

「母ちゃんがなぜ焼いちまったの」

「母ちゃんとっても父ちゃんを憎《にく》んでるのよ」

と、いいかけて少女はお尻《しり》から針を突き刺されたように跳びあがった。

「あら、いけない、母ちゃんがやって来たわ。小父さん、また来るわ。仲好くしましょう」

そこからすぐに道を横切ると母親の眼に触《ふ》れると思ったのか、少女ははるかに道を迂《う》回《かい》してじぶんの畑のいちばんてっぺんへいって働きはじめた。幼いけれどそれだけ頭の回転する少女らしかった。

それからちょくちょく少女がそばへやってくるようになった。少女はいつも汗《あせ》ばんでおり、そばへ寄ってくるとむっとするほど日向臭《ひなたくさ》かった。はじめのうち上海氏はこの匂いに圧倒《あっとう》されるような気持ちだったが、慣れてくると少女がそばへ来ない日は淋《さび》しかった。少女の問わず語りによってなぜ彼女の母親が、戦死した夫を憎んでいるのかわかった。

てきた。

亜紀の母の類《るい》は結婚《けっこん》前の道楽は別として、結婚後は自分だけが夫に愛されていた、ただひとりの女だと思いこんでいた。だから類にとっては夫の信太郎《しんたろう》はかけがえもない大事なひとだった。ところが戦後いろんなことがわかってきた。結婚後も夫は少なくとも三人の女と交渉《こうしょう》を持っていた。しかも、入隊するとき類はこの土地の私鉄の駅まで送っていったに過ぎないのに、女のひとりは部隊の所在地まで同行して入隊まえの一夜を夫とともにしたというのである。さらに類の許せないのは集落の多くのひとがそれを知っていたということである。ただ戦争中は忠勇無双《むそう》の皇軍兵士を傷つけることを懼《おそ》れて、だれもそれを口に出さなかったのだそうである。戦後それがわかってきたとき、類の心は大いに傷つき、その晩彼女は夫の形見になりそうなものをことごとく焼き捨てた。

「なるほど、それゃ悪いお父さんだね」

「あら、どうして?」

「じゃ、亜紀ちゃんは悪いと思わないのかい」

「男のひとってみんなそうだというじゃない? うちの父ちゃんとっても甲斐性《かいしょう》もんだったんですって。そうそう、父ちゃんのことをいつか芸術家っていったでしょ」

「うん、それで……?」

「でも、青白きインテリというんじゃなかったんですって。相撲《すもう》なんか村中でいちばん強かったという話よ。それに思いやりがあって、義侠心《ぎきょうしん》があって、困っているひとがあるといつも一番に駆け着けるのはうちの父ちゃんだったんですって。その上絵が上手だったでしょう。だから村の女のひとみんな父ちゃんが好きだったんですって。いまでも村のひとだれだって父ちゃんの悪口いうひとないわ」

どうやら少女は亡き父に対して理想像を作りあげているようである。

「亜紀ちゃんはその父ちゃんを憶《おぼ》えている？」

「あら、あたしがどうして？」

亜紀は呆《あき》れたように円《つぶら》の眼を視張《みは》ったが、急におかしそうに笑い出して、

「あのね、小父さん、父ちゃんが兵隊にとられたとき亜紀はまだ母ちゃんのお胎《なか》のなかにいたのよ。でも、父ちゃん赤ちゃんが出来ること知ってて、男の子が出来たら亜紀夫《あきお》、女の子が出来たら亜紀と名をつけるようにといっていったんですって」

「それじゃ亜紀ちゃんは父ちゃんが恋《こい》しいだろうね」

「それゃ……」

と、亜紀は円の眼をくるくるさせたが、やがて悲しそうに眼を伏《ふ》せると、

「それだのに母ちゃんたら、父ちゃんの写真をみんな焼いちまったんですもの」

ちょっと不平らしく鼻を鳴らしたが、すぐまた悪戯《いたずら》っぽく目玉を回転させると、

「でも、母ちゃんが憤《おこ》ったのも無理ないのよ。あたしの名前亜紀でしょ。ところが入隊のとき父ちゃんを送っていっていっしょに泊《と》まったひと、お秋さんというのよ」

ケラケラと笑って草の上から跳びあがった亜紀は、よく伸《の》びた脛《すね》を屈伸《くっしん》させて五、六

歩ピョンピョン跳《は》ねていったかと思うと、そこでくるりと振りかえって、

「でも、父ちゃんの写真二、三枚持ってるの。父ちゃんのお友達のところから貰《もら》ってきたのよ。母ちゃんに内緒《ないしょ》にしてあるんだけど、そのうち持ってきて見せてあげる」

これが一番父ちゃんの感じが出てるんですって……と、その後亜紀が持ってきて見せた写真というのは、草相撲に優勝したときの記念撮影だとかで、化粧廻《けしょうまわ》しをして横綱《よこづな》を締めている古池信太郎の二十二歳のときの写真であった。なるほど筋肉質のよい体をしており、腕《うで》なども丸太ン棒のように太かった。顔は丸顔で、屈託《くったく》のなさそうな表情をした童顔だったが、それでも角刈《かくが》りにした額が狭くて眉《まゆ》の太いところに精悍《せいかん》そうな野性味を感じさせた。下唇《したくちびる》のぼってりと肉の厚いところが淫蕩的《いんとうてき》である。

「亜紀ちゃんはお父さん似なんだね。口許《くちもと》なんかそっくりじゃないか」

言ってから上海氏はヒヤリとしたが亜紀は嬉《うれ》しそうにニコニコしていた。

4

その後ふたりの仲はますます親密の度を加えていった。とはいえふたりの会見の場所は林の端れの例の草地ときまっており、亜紀の母のいないときに限られていた。甘藷の収穫《しゅうかく》がおわり麦蒔《むぎま》きがすむと亜紀の母は姿を見せなくなった。亜紀の話によると彼女は野良《のら》仕事以外はほとんど外出することはないのだそうである。村の集会にも絶対に顔を

出さないので、意志の伝達に困ることがあっても彼女のほうでは平気らしい。亜紀の表現によると薄暗い家のなかでモグラモチみたいに閉じこもって、自分を裏切った亭主《ていしゅ》に対する憎悪《ぞうお》と、それをよい笑いものにしている村のひとたちに対する敵意と反感を、じっと胸のなかで温めつづけているらしいのである。

「それで亜紀ちゃんに対してはどうなの？　そのお母さん」

「べつに苛《いじ》めたりはしないわ。あたしがいなきゃ困ることとわかりきっているんですもん。だけど可愛くないことは決まりきっているわね」

「どうして？」

「だってあたしの名が亜紀ですもん」

亜紀は体をうしろに反らしてケラケラと笑いとばしたが、急に上海氏の顔を覗きこむと、

「小父さんの名前上海っていうんですって？　それ、ほんとの名前？」

「ううん」

「じゃ、やっぱりペン・ネームというの？」

「うん、まあ、そうだね」

「変な名つけたもんね。なぜなの？」

「上海で生まれたからさ。まあ浦島《うらしま》太郎《たろう》のようなもんさ」

「ああ、それで髪の毛が真っ白なのね」

亜紀が真面目《まじめ》くさっていったので上海氏の唇に渋《しぶ》い微笑が浮かんだ。いつも灰色の霧《きり》につつまれたようなこのひとの顔に、微笑が浮かぶなどということは滅多《めった》にないことである。

それは昭和三十五年ごろのことであった。上海氏もことし昭和三十五年だということは知っていたが、自分が何歳になるのか知らなかった。終戦直前上海の陸軍病院で意識を取り戻《もど》した上海氏の頭脳《ずのう》から、それ以前の記憶《きおく》はすべて、黒い霧のかなたに混濁《こんだく》してしまっていた。

そのころの亜紀の大きな悩《なや》みは大学までいってみたいのだが、家が貧しいので高校さえやってもらえそうにないということだった。

「亜紀ちゃん、学校の出来はどうなんだね」

「まあまあというところね」

亜紀は投げ出すようにいったが、あとでわかったところによると彼女は終始トップで通しているのであった。そのころ上海氏は大真面目で亜紀のために学資を出してやろうかと考えたことがあった。小説家の宣伝よろしきを得たせいか上海氏の絵にもおいおいファンが増えていくようだった。亜紀の学資くらい捻出《ねんしゅつ》できないことはなかった。しかし、亜紀に笑いとばされるのを懼れて切り出すことを躊躇《ちゅうちょ》しているうちに亜紀の運命が大きく変転した。

「小父さん、小父さん、亜紀、高校へいけるかもしんないのよ」

いつものとおり林の端れの草地で早春の日溜《ひだ》まりを楽しみながら亜紀の現われるのを心待ちにしていると、逞《たく》ましい脛をとばして跳んできた亜紀がそばへ来るのも待ちかねたように大声で叫《さけ》んだ。父に似て丸顔のいくらか野性味をおびた顔が歓びではちきれそうだった。

「それゃ結構だね」

上海氏はなぜか咽喉《のど》のおくに魚の骨でもひっかかったような曖昧《あいまい》な声で、

「お母さんがいってもいいといったのかい？」

「ううん。母ちゃんまだなんにも言わないけど、うちお金持ちになるかもしれないんだ」

亜紀はちかごろときどき男の子のような口の利きかたをすることがある。上海氏にすっかり打ちとけてきた証拠《しょうこ》だが、それと同時にご機嫌《きげん》でもある証拠だった。上海氏は真紅に上気した少女の頬を心許《こころもと》なさそうに見て、

「それ、どういうこと？　どっからか遺産でも転げこんだのかい。それとも宝籤《たからくじ》にでも当たったのかい」

「そうじゃないんだ。そんなんじゃないんだ」

絶叫《ぜっきょう》してから亜紀は急に気がついたのか、うっふっふと極《き》まり悪そうに笑ってから、

「小父さん、ごめんなさいね。バカねえ、亜紀ったら、まだどうなるかわかりもしないのに。あのね、小父さん、ここ団地になるんですって」

「団地……？」

「そうよ、この畑も林もみんなつぶして団地を作るんですって。それでいま公団から土地を買いにきてるのよ。わりによい値だけれど、もっともっと吊《つ》りあげるんだって、村のひとたち大騒《おおさわ》ぎしてるわよ。それでみんなして母ちゃんのご機嫌取りに夢中《むちゅう》よ」

「団地がねえ」

亜紀とは反対に上海氏は浮かぬ声で、

「でも、なぜみんなして母ちゃんのご機嫌取りに夢中なのかね」

「だって、うち、この畑は端っこだけど、このむこうのちょうどこの畑地のまんなかに百坪ほど持ってんのよ。母ちゃんがそれ売らないといえば、村の人みんな困るのね」

亜紀はその話に興奮していて、このまえの畑が何百坪あるから坪当たり何万円としてもこれこれしかじか、この林も半分はうちのものだから、少し安いとしても何万円くらいは出すだろう。これが何坪としてこれこれしかじかと、まるで酔《よ》ったような顔色で細かく計算しはじめたから、上海氏は呆《あき》れたようにその顔を見守っていた。亜紀もとちゅうで気がついてさすがに鼻白んだような顔をすると、

「いやだわ、小父さん、なぜそんなに亜紀の顔をジロジロ見てるの」

「ああ、いや、あんたの頭のいいのに感心していたんだよ」

「ひやかしちゃいやよ。それに小父さんたらちっとも嬉しそうな顔してくれないのね。亜紀がお金持ちになるかもしんないというのに」

「ああ、ごめん、ごめん、それはよかったね。だけど、小父さんいま自分勝手なことを考えていたんだ。ごめんよ、亜紀」

「自分勝手なことって？」

「ここが団地になってしまうと、小父さん散歩するところがなくなるからね」

「散歩ならどこだって出来るでしょ」

亜紀の語気には突っ放すような冷酷さがあり、上海氏はこの瞬間《しゅんかん》ふたりの距離《きょり》が急に遠くなったのを淋しく胸に嚙みしめた。

それから約一年、村のひとたちと公団とのあいだには種々様々な駆け引きが演じられたらしい。上海氏はときどき亜紀から交渉の進展状態について聞かされることがあったが、そんなときどうかすると人間の貪欲《どんよく》の浅ましさに吹《ふ》き出しそうになることがあった。するとと亜紀はひどく不機嫌な顔になり、

「小父さんはひとのことだと思って笑ってるけど、みんな一生懸命《けんめい》なのよ。こんなこと一生に二度とはないんですもの。小父さんにはそれがわからないのよ」

「ごめん、ごめん、亜紀、まあ、しっかりやることだね、そして公団からうんとふんだくってやりゃいい。そしたら亜紀も学校へいけるんだからね」

上海氏は慰めるようにいったが、この少女の思いのほか打算的な性情になんとなく心が寒くなるのだった。

一年かかって交渉はやっと円満に妥結《だけつ》した。農民たちは畑から手を引き、かわりに技

師たちがやってきて測量を開始した。　亜紀は希望どおり高校へ進学し、台地の上にも下にも大きな変化が起こりはじめた。

　高校へ進学した亜紀は急におとならしくなった。以前ほどなれなれしく上海氏のそばへ寄って来なくなったが、それでも高校へ通学するには上海氏のお気に入りの場所のすぐ足下にあるだらだら坂を登って、台地を突っ切っていくほうが便利なので、どうかするとそばへ来て草のうえに坐ることがあった。

　秋になると測量もおわったらしく、まず飯場が建ち、おおぜいの作業員にまじって技師たちや現場監督がやってくるようになり、いよいよK団地の建築工事がはじまった。工事は四段階にわかれて行われることになっており、さいわい上海氏のお気に入りの場所はさいごの段階に当たっていたので、あたりの騒々《そうぞう》しいのさえ我慢《がまん》すれば、あと一年くらいその場所から追われることはなさそうだった。そのころになって亜紀の顔色がなんとなくすぐれないのに上海氏は気がついた。

　ある日久しぶりにそばへ来て坐った亜紀にむかって上海氏が訊《たず》ねた。

「ねえ、亜紀ちゃん」

　と、眼下に繰りひろげられている目ざましい変化の進展ぶりに眼をやりながら、

「どの家もああして建てかえたり増築したりしてるようだけれど、亜紀ちゃんちはどうするの」

　亜紀はしばらく黙《だま》っていたのちに、

「ねえ、小父さま」

「うん」

「人間てお金持ちになるとかえってケチンボになるんでしょうか」

「それ、どういう意味？」

「うちの母ちゃん、それゃせんは貧乏だったから倹約しなきゃならなかったわね。でも公団からたくさんお金貰ったでしょ。なんでも利息だけでも月十万円くらいになるはずなんですって。親戚《しんせき》の小父さんそういってたわ。それだのにせんよりずっとずっとお金のことに細かくなったわ」

「それじゃ家を建てかえたりしないのかい」

「そんなこととっても、とっても。それでいて家中雨漏《あまも》りだらけなのよ」

「お母さんお金をどうしてるの。後生大事に銀行へ預けてるの」

「そんなことあたしが知るもんですか。でも、うっふっふ」

「どうしたの」

「ひょっとするとお類さん、お金を瓶《かめ》かなんかにいれてどこかへ埋《う》めてるんじゃないか。そしてときどき掘り出しては一枚二枚と勘定《かんじょう》しながら、ニタリニタリしてるんじゃないかっていうひともあるわ、まさかね」

　亜紀はおかしそうに笑ったが、その笑いかたはなにかしら上海氏をおびやかすようなところがあった。村の改築工事も亜紀の家をのぞいてあらかた完了し、亜紀は高校三年になった。団地の建設も第二段階をおわりこの春から第三段階に入っていた。亜紀はますます上海氏から遠い存在になっていったが、この春の終わりごろひさしぶりにそばへ来て黙って坐った。なにか聞いてもらいたいことがあるらしかったが、彼女のほうから切り出さないので上海氏のほうから口を開いた。

「ちかごろ亜紀ちゃんちへよく出入りする若い男のひとね、あれ、亜紀ちゃんちの親戚？」

上海氏はなにげなくいったまでのことだけれど、そのとたん亜紀は弾《はじ》かれたように上海氏のほうを振りかえった。その視線のけわしさに上海氏はおもわずたじろいで、

「どうしたの、あのひとのこと聞いちゃいけないの」

「いいえ、そうじゃないけど、小父さんまさかうちのことスパイしてるんじゃないでしょうね」

「スパイ……？　どうして？　ひどいことというじゃないか」

「あら、ごめんなさい。でも、小父さんも気がついていたのね。あのひとのこと」

「いや、よくあの家へくるようだからね」

と、上海氏は眼下に見えるただ一軒、周囲のはなやかな変貌《へんぼう》から取り残された陰気《いんき》な家を見下ろしながら、

「でも、聞いてはいけないことなら、返事をしてくれなくてもいいんだよ」

「いいのよ、そんなこと、構わないのよ。近所ではみんな知ってるんですもの。小父さ

んは母ちゃんがちかごろ急におめかしはじめたの気がつかない」

「さあ……お母さんはここしばらくお見かけしないが、それどういう意味？」

「愛人が出来たのよ。いま小父さんのいったひとが母ちゃんの愛人なの」

しばらく黙っていたのちに口を開いたとき、上海氏の声はのどにひっかかっていた。

「なにをするひとなの、そのひと？」

「保険の勧誘員《かんゆういん》なのよ」

「お母さんよりだいぶん若いようだが……」

「二十くらいちがうでしょう」

ふたりとも黙りこくってしまった。上海氏もそれについて自分の意見をのべようとしなかったし、亜紀もそれ以上その問題に触れたくなかったらしい。しばらく沈黙《ちんもく》がつづいたのち、急に亜紀が悪戯《いたずら》っぽい眼《め》つきになって、

「それはそうと小父さまにいつかパパの写真をお見せしたことがあったわね。憶えてらっしゃるパパの顔を」

「ああ、はっきりと……亜紀ちゃんによく似ていたからね」

「じゃ、あのひとパパに似てると思わない。ほら、あの現場監督のひと……」

一昨年の秋以来上海氏は毎日ほどその現場監督に会っている。孤独を愛する上海氏は滅多にひとと口を利くことはないから、まだいちどもその男と話し合ったことはないが、いつのまにやら会えばどちらからともなく頭を下げるていどの仲になっていた。しかし、

いままでいちども亜紀のいったようなことを考えたことはなかった。

「亜紀ちゃんはやっぱりパパが恋《こい》しいんだね」

「それゃァ……パパが生きていてくれたらと思うことはしょっちゅうよ。でも、あのひとほんとにパパに似てるわ。パパも生きていればちょうどあれくらいの年齢《とし》よ。口許なんかそっくりだと思わない？」

遠くから現場監督の動きを眼で追うている亜紀の眼には、なにか強いかぎろいのようなものが浮かんでいることに、そのとき上海氏も気がついていたが、まさかそれがいかに危険な感情であるかということには、このあいだ三国屋の浴室を出るふたりを瞥見《べっけん》するまで上海氏も気がつかなかった。

5

空気が乾燥《かんそう》して天気のよい日がつづいた。毎日のように空は濡《ぬ》れタオルで拭《ぬぐ》いとったように碧《あお》く晴れ、南アルプスのむこうに顔を出す富士の山肌《やまはだ》の白い襞《ひだ》がいちにちいちにち濃《こ》くなっていった。上海太郎氏お気に入りの草地のそばにわずかに数本残った樹々《きぎ》の葉も、あるいは黄ばみあるいは赤茶けて、上海氏がおりおり焼き捨てるカンヴァスの燃えがらのようにちりちりと縮みはじめた。

しかし、上海氏は二度ともうあの草地へ寄りつこうとはしなかった。台地の上の世界と台地の下の人生とがひとつに結合していることはいまや明らかである。上海氏はまえになにかで読んだような気がするのである。都会と農村が錯綜《さくそう》し、絡《から》み合っている地帯こそ危険な犯罪圏《けん》地帯であるということを。それはおそらく都会人の持つ打算的奸智《かんち》と、ある種の農民特有の無智《むち》な狡智《こうち》が衝突《しょうとつ》して発する不協和音のごときものをいったのであろうが、いまK台地の上と下とがそれに相当するかどうかわからない。しかし、古池類とその娘がそれぞれ情人——それもともに年齢的《ねんれいてき》に不調和だと思わざるをえない——を持っているということはなにかしら不安定である。暗い危険な未来を暗示しているように思われてならない。いわんや古池類が莫大《ばくだい》な金を瓶に入れてどこかの地中へ埋めているのではないかという風説があるにおいてをやである。

上海氏もいちど類の情人の保険勧誘員というのに会ったことがある。もうそのじぶん崖下のいつまでたっても改築しない家の守銭奴《しゅせんど》みたいな寡婦《かふ》とその勧誘員との関係は、台地のうえの作業員のあいだでもボッボッ話題にのぼりはじめていた。それを識らずにのこのこだらだら坂を登ってきた勧誘員こそよい面の皮であった。勧誘員は学校を出て二、三年という年頃《としごろ》らしく、小柄《こがら》で華奢《きゃしゃ》な体のなかに小生意気《こなまいき》な小児《しょうに》の思いあがりと傲《ごう》慢《まん》な大人の尊大とが同居しているような感じで、猫撫《ねこな》で声や甘ったれ声をそのまま人格化すればこういうタイプになるのではないかと思われた。勧誘員はこちらのほうを通ったほうが早いと思ったのか、それとも建築現場を見たいと思ったのかだらだら坂を登ってくると、ぶらぶらと現場の付近を歩きはじめた。

だれだって汗水垂らして働いているところを高みの見物を極《き》めこまれるのは有難くない。それにこの勧誘員の癖《くせ》らしくいつもニヤニヤ笑いを口許に浮かべているのだが、それが思い出し笑いとすれば猥褻《わいせつ》だったし、そうでないとすると自分たちが軽蔑《けいべつ》されているようで嬉しくなかった。作業員のひとりが遠まわしにかれの情事を皮肉った。しかし、この艶福家《えんぷくか》は案外血のめぐりが悪いのかニヤニヤ笑いは消えなかった。べつの作業員がこんどはいくらかはっきりとかれの艶福を羨《うらや》ましがって聞かせた。勧誘員のニヤニヤ笑いが口許から消えた。はじめて自分のことかと気がついたように相手の顔を見直した。そこをすかさず第三、第四の作業員が矢つぎばやに野次を放った。野次はおいおい露骨《ろこつ》になってきて、口々にかれとかれより二十も年上の後家さんとの情事を諷《ふう》した。勧誘員は蒼《あお》ざめた。白いいくらか女性的な額にねっとり汗が吹き出してきた。勧誘員は逃《に》げ道を求めるように前後左右を見回した。しかし、逃げ道は塞《ふさ》がれていた。行手にはさらに多くの作業員が立ち働いていた。しかもかれの周囲から降ってくる野次はますます辛辣《しんらつ》になってきて、しまいにはちかごろ流行の未成年者お断わりという成人向き映画の台詞《せりふ》でさえ、へきえきしそうなほどえげつなくなってきた。

とつぜん勧誘員は踵《きびす》を返した。脱兎《だっと》のごとく上海氏のいる草叢のまえを駆けぬけると、まえへつんのめるような恰好《かっこう》でだらだら坂を転がりおりた。いや、一度ならず二度までもつんのめって転がった。そのたびに台地のうえでわっと歓声があがったので、崖裾の舗装道路をいくひとたちが、何事が起こったのかと立ちどまったくらいだから、とうとう古池家の横の露地《ろじ》から亜紀の母がとび出してきたのも無理はない。上海氏が亜紀の母を見るのはひさしぶりだが、このまえ見たときとはたしかに大きくかわっていた。無愛想で味も素っ気もない表情は以前と少しも変わりがないどころか、坂のほうから転がりおりてくるみじめな情人の姿を見て、いちはやくことのなりゆきを覚《さと》ったらしく、彼女のおもては怒《いか》りでかたく強《こわ》ばっていっそう容貌《ようぼう》を醜《みにく》くしたが、羞恥《しゅうち》の色がみじんも見られないのは、二十も年下の男と情事におぼれた中年女の厚顔《あつかま》しさというよりは、彼女はそれによって自分を裏切った夫や村のひとたちや、さらに夫の情婦の名を名乗っている娘にまで復讐《ふくしゅう》しているのではあるまいか。

勧誘員が舗装道路をいくトラックにあやうく跳ねられそうになりながら、やっと類のところまで駆けよると、類は恥も外聞もなく若い情人のズボンの泥《どろ》を払《はら》ってやり、崖上に集まった作業員《だ》たちをたけだけしい眼で睨《にら》みかえすと、近所のひとたちを尻眼《しりめ》にかけ、勧誘員の肩を抱くようにして、椎の葉におおわれた暗い露地のなかへ引っ込んだ。

第二部　台地の下

6

気象庁の予報官の説によると高気圧がどうとやらで、一年中でいちばん天気の安定するのが十月の終わりから十一月のはじめだそうである。台風の季節も過ぎたそのころになると局地的に時雨《しぐ》れることはあっても、大きく天気がくずれることは珍《めずら》しいのだそうな。

めったに都心へ出ることのない上海氏だがその日珍しく日本橋《にほんばし》のほうへ用事があって、私鉄のK駅へおりたったのは夜の九時頃《ごろ》のことだった。このK駅から外へ出るにはプラット・フォームからいったん階段を登り、ブリッジを渡《わた》ってまた階段を降りるのである。改札口《かいさつぐち》は階段をあがったところにあった。上海氏が改札口で切符《きっぷ》を渡して外へ出たとき、四人連れの少女が駅前広場からの階段を駆け登ってきた。あやうく衝突しそうになったので上海氏は階段の手摺《てす》りのほうへ身をよけたが、そのとき少女のひとりが階段の下へむかって叫んだことばが上海氏の耳をとらえた。

「亜紀ちゃん、なにをぐずぐずしてンのよう。早くしないと遅《おく》れちまうわ」

階段の下を見るとそこに置いてある大きな植木鉢《ばち》のふちに片脚《かたあし》をおいて、亜紀が靴《くつ》の紐《ひも》を結び直していた。

「まあ、待ってよ、せわしないひとねえ」

とかなんとかいったようだが、俯向《うつむ》いているので言葉の意味はよくわからなかった。

「君たちこの時間にどこへいくんだ」

「卒業旅行よ、小父さま」

少女のひとりが無邪気《むじゃき》に答えて、

「亜紀ちゃん、早く、早く。東京駅の集合十時半よ、ぐずぐずしてると遅れちゃうわ」

なるほどみんな小ザッパリとした服装をして、手に手に大きくふくらんだ鞄《かばん》を提《さ》げていた。鞄も鞄の中身もみなこの楽しい卒業旅行にそなえて新調したのにちがいない。色とりどりに美しく、少女たちはみないちように興奮して頬を染めていた。亜紀がやっと靴の紐を結びなおして階段をあがってきた。

「なによ、まだ一時間半もあるじゃないの。せっかちな……」

いいかけて亜紀は上海氏の姿を見つけた。一瞬《いっしゅん》、亜紀の顔から血の気が引いたようになり、階段の途中《とちゅう》で立ちどまりそうになったが、すぐまた手摺りに身を支えるようにしてあがってきた。その間ふたりの視線は絡み合ったまま、いっときも離《はな》れなかった。

「卒業旅行だそうだね」

上海氏の声の調子はのどにひっかかるようなものがあった。

うだ。

「ええ」

亜紀はまだ上海氏の眼を視《み》すえたままだった。固く凝視《ぎようし》しながら眼はふるえているようだ。上海氏の方から眼をそらして、

「どちら？　旅行は？」

「関西方面よ」

「何日くらい？」

「三泊四日……」

とつぜん亜紀の眼がやさしくわらったかと思うと、

「小父さん、お土産《みやげ》買ってきてあげるわ。みんな待ってよ」

と、身をひるがえして改札口を抜《ぬ》けると、友達のあとを追って階段を駆け下っていった。

上海氏は手摺りに身を寄せたまま、亜紀たちを乗せた電車が出ていくのを見送っていた。それからゆっくり階段を降りはじめた。上海氏は左脚に故障があるので歩行に気をつけなければならないのだが、ことに階段の昇《のぼ》り降りには細心の注意を払わなければならなかった。手摺りに片手をおいて、一歩一歩階段を下るとそこに大きな植木鉢がおいてある。このK駅にはとかく荒《すさ》みがちな通勤者の神経に、多少なりとも潤《うるお》いを与《あた》えるようにとの駅長の配慮《はいりよ》から、あちこちに植木鉢だの花筒《はなづつ》などが配置してある。階段の下の植木鉢には一メートル半くらいの棕櫚《しゆろ》の樹が、鋭い葉の切っさきを逆立てていた。

上海氏はやっとそこまで降りていくと、いたわるように悪い左脚を植木鉢の縁にのっけた。黄褐色《おうかっしょく》をした滑《なめ》らかな植木鉢の縁に、うっすらと泥の跡《あと》がついているのは亜紀の靴の跡だろう。おなじところへ靴をのせ紐を結びかえながら、上海氏の指先は棕櫚の根本を探っていた。植木鉢の表面にはよく磨《みが》かれた碁石《ごいし》のようにきれいな小石が敷《し》いてある。上海氏の指先になにやら固い金属製の触感《しょっかん》があった。植木鉢の土深くなにかが押《お》し込《こ》まれていて上からのぞいたその端《はし》が小石のなかに隠《かく》されていた。上海氏はそれを植木鉢のなかから抜き取ると、掌《てのひら》のなかに隠したままゆっくりと身を起こしてこの場をはなれた。上海氏の背後をそうとう多くのひとが通り過ぎたが、だれもこの奇妙《きみょう》な動作に気がついたものはなさそうだった。

駅のすぐそばに喫茶店《きっさてん》があり二階が麻雀《マージャン》クラブになっている。上海氏はときどきその麻雀クラブへ遊びにくることがある。ここのご常連にとって上海氏はよい鴨《かも》だったが、上海氏は勝っても負けても時間さえたてばよいというふうだった。テーブルはみんな塞がっていた。サーヴィス係りの女の子や顔見識《かおみし》りのご常連が声をかけるのを聞き流して、上海氏は椅子《いす》を窓のそばへ持っていって腰《こし》をおろした。オーヴァーのポケットからマドロス・パイプを取り出すと、ガスライターで火をつけた。そこから斜《なな》め下にあの植木鉢が見えるのだが上海氏はあせらなかった。何時間でも待つつもりなのだが、事実はそれほど待つ必要はなかったのである。

駅前広場のむこうから黒眼鏡《くろめがね》をかけた男がやってきた。オーヴァーの衿《えり》をふかく立てていた。ソフトの縁をまぶかに垂れていた。階段の下までやってきたときその男は足下に眼を落とした。うつむいて靴の紐を結ぼうとしたとき、ふと気がついたように階段の下にある植木鉢に眼をやった。亜紀の情夫が植木鉢のふちに片脚をのっけてうつむいたとき、上海氏はオーヴァーのポケットのなかで、土にまみれて湿《しめ》りけをおびた鍵《かぎ》を強く握《にぎ》りしめていた。

7

どこかでコオロギが啼《な》いていた。いや、ほんとに啼いているのかどうかわからなかった。あるいはそのコオロギは上海氏の頭のなかにいるのかもしれなかった。上海氏はなにか大きなショックを受けたり、精神的な緊張《きんちょう》が度を越《こ》すと、脳細胞《のうさいぼう》のあちこちで虫が啼くような不快な音響《おんきょう》に悩まされるのである。近年だいぶん快くなっていたのだが、このあいだの三国屋の一件以来いやなその現象がぶりかえしていた。

空は息を吹っかけて拭いをかけたように濃紺色《のうこんいろ》に晴れていた。星がいっぱいまたたいていた。星というものは空にあってただ光っているだけでなく、なにかを囁《ささや》きかけるようにまたたくものだということを、上海氏はいま強く感じている。それだけ上海氏が孤独だということかもしれない。風がなかったので上海氏の背後にある数本の、ほとんど葉をふるい落とした木々が、細い網《あみ》の目のような枝々《えだえだ》をひっそりと星空にむかって逆立てていた。おりおり舞《ま》い落ちる残りの葉が上海氏を慰《なぐさ》めるようにふっさりと肩《かた》を撫《な》でた。あの崖裾《がけすそ》の舗装《ほそう》道路は昼間はそうとうの交通量なのだが、夜も十二時を過ぎると自動車の往来もほとんど絶える。さっき終バスが通過してから人通りも絶えてしまった。舗装道路をひとつ越えたあの荒《あ》れ果てた柴垣《しばがき》の家は樫《かし》の繁《しげ》みにおおわれて、星空の下で押しつぶされそうな恰好で地面にくろくうずくまっている。樫の繁みをとおして灯の色が洩《も》れているところを見ると、亜紀の母はまだ起きているのだろうか。ひょっとすると若い情人の保険勧誘員が来ているのかもしれない。

上海氏の腕時《うでど》計《けい》は夜光性である。鬼火《おにび》のように青白い光りを発する文字盤《もじばん》と二本の針は十二時二十分過ぎを示している。

いまから約一時間半まえ、上海氏がいつものお気に入りのその場所へ席をしめてからというもの、樫や椎《しい》の繁みをとおして洩れる灯の色は微動《びどう》だにしないのだが、そのことは些《いささ》か異常ではないかと上海氏が考えたのも無理はない。お金持ちになってからかえってケチンボになったという亜紀の母が、電灯を点《つ》けっぱなしで寝《ね》るとは思われない。亜紀が旅行に立ったのを幸いとして若い情人を引っ張りこんで酒宴《しゅえん》でも張っているのだろうか。いや、亜紀の母が飲酒家だという話は聞いたことがないし、そんな場合むしろもっと早く電灯が消えるほうが自然ではないか。

上海氏はポケットのなかであの鍵を握りしめている。掌のなかで鍵は温められ、ぐっしょり汗に濡れていた。

上海氏はさいしょその鍵を亜紀とその情夫がひそかに交歓の場所ときめている、どこかのアパートの一室のドアの鍵ではないかと考えてみた。しかし、それではいささか不条理である。ドアの鍵というものはたいてい二つあるものだ。かれらがどこかに睦言《むつごと》の部屋《へや》を持っているとしても、鍵はふたりが一つずつ持っているべきはずではないか。もしかりに現場監督《かんとく》が鍵を紛失《ふんしつ》したのだとしても、亜紀が旅行に立ってしまえばその部屋には用がないはずである。

上海氏は卒然としてつぎのようなことを思い出していた。

いくらか物が出来ると不便なものね、と、あるとき亜紀がいった。いままでは家を留守にするとき戸締《とじ》まりにそれほど多くの神経を使ったことはなかった。泥棒《どろぼう》が入ったところで盗《ぬす》まれるようなものはなかったから。しかし、ちかごろは違《ちが》う。台所の入口をドアに改造して母とふたりで鍵をひとつずつ持っていると。いま上海氏の掌のなかにあるのはひょっとするとそのドアの鍵ではないか。と、するとこれはなにを意味するのであろう。

夜光時計の針が一時を指したとき上海氏はやっと草叢《くさむら》から腰《こし》をあげた。背後に聳《そび》える団地の窓もいまはすっかり灯を消している。その団地のむこうにある飯場でも作業員たちはもう寝たにちがいない。崖裾の舗装道路でも、もう半時間あまり人通りが途《と》絶《だ》えている。上海氏はそれでも注意ぶかく崖のほうへ身を寄せながら、のろのろ坂を下っていった。

坂下にバスの停留所がありそこに明るい街灯がついている。上海氏はその街灯の光りのなかへ入るまえ、立ちどまって道の前後を見廻《みまわ》し、念のために崖のうえやいま降りてきた坂の背後を振《ふ》りかえった。呼吸をととのえると上海氏はひと息に光りの輪を突《つ》っ切り、古池家の横の露地へ駆《か》け込んだ。露地をおおう樫や椎の繁みが、上海氏の心臓をつきやぶりそうな動悸《どうき》を整調するのに恰好だった。上海氏はそこでひと呼吸すると同時にあたりのようすに気を配った。さいわい舗装道路に人影もなく、隣《となり》近所も寝しずまっているらしい。もっとも隣近所といったところでそうとう遠く離れているのだが。亜紀の家にもひとの気配はさらにない。それでいて欄間《らんま》や雨戸の隙間《すきま》をもれる灯の色は、さっきとおなじ光度をたもって微動だにしない。それが上海氏を不安にするのである。

上海氏の夜光時計は一時十二分を示している。樫や椎の繁みの下で気息をととのえた上海氏は、しずかに行動を開始した。半ばこわれた柴垣をまわっていくと形ばかりの門がある。門といっても腐《くさ》れかかった皮つきの樫の丸太が二本、立っているだけという貧しい農家の構えなのだ。繁みの下を出ると空には満天の星だった。星の下で屋根の夜露《よつゆ》が光っていた。

玄関《げんかん》を避《さ》けて台所のほうへまわると途中に鶏舎《けいしゃ》があり、上海氏が通り過ぎるとき金網《かなあみ》のなかで鶏《にわとり》どもがカタコトと居ずまいをなおす音がきこえた。古びて板の反っくりかえった雨戸を締《し》め切ったところがあり、その雨戸のおびただしい割れ目や隙から洩れる灯が、庭に幾何学的な平行線を投げていた。雨戸のうえの欄間から放出されたひと幅《はば》の光りが、樫の葉裏をつやつやと濡らしている。雨戸に耳をこすりつけたがものの気配はさらにない。外部に知られたくない秘密を守って厳粛《げんしゅく》な沈黙を守っているかのようである。台所へまわるとはたして西洋風のドアがついており、鍵穴へ鍵をさしこむとぴったり合った。把手《とって》を握ってドアを手前へひらくとき、背後に当たってコトコトという音がきこえた。上海氏の心臓ははげしく鳴ったが、振りかえるとそこに鶏舎があって、とまり木にとまっている鶏どもが居坐《いずま》いをなおしただけのことだった。上海氏はドアのなかへ滑《すべ》りこむとしばらく呼吸をととのえていた。開放的な日本家屋の一部分に明るく灯がついているのだから、台所の灯は消えていても真っ暗というわけではなかった。眼が慣れてくるとほのかな薄明《はくめい》のなかに流しや戸棚《とだな》のたたずまいが浮きあがってくる。貧しい農家のみじめさの見本のような台所だが、そのわりに小ざっぱりとしているのは、母ではなく、亜紀が奇麗好《きれいず》きなせいである。しかし、便所の匂《にお》いが鼻をつくのは亜紀にも如何《いかん》ともしがたいのだろう。

上海氏は靴《くつ》をぬいで板の間へあがった。妙《みょう》に落ち着いているのは、この家のなかにはもはやだれもとがめるものがないことを知っていたかのようである。

台所のつぎが四畳半《よじょうはん》の茶の間になっており、そのつぎの寝室《しんしつ》から明りが洩れている。茶の間と寝室のまえを縁側《えんがわ》が走っており、その端に便所がついている。上海氏はなんのためらいもなく寝室のまえへいき、障子にはまったガラス越しになかをのぞいた。思わず音を立てて息をうちへ吸いこむと、身を起こしてあたりを見まわしたのち、静かに障子を開いて一歩なかへ滑り込んだ。

そこは六畳の座敷《ざしき》になっており、向かって左側に床《とこ》の間と押し入れがならんでいた。寝床《ねどこ》は縁と平行に敷かれていて、床の間のほうを枕《まくら》にして女がむこう向きに寝ていた。枕のうえにおいた女の後頭部が、髪《かみ》の乱れも見せずにこちらをむいて静かである。その女を寝具《しんぐ》のうえから抱《いだ》くようにして男の背中がこちらを向いていた。男はパンツをはいた以外は裸《はだか》で華奢な肩胛骨《けんこうこつ》が明るい電灯の下で寒そうな白さを露出《ろしゅつ》していた。掛け蒲団《ぶとん》の裾《すそ》のほうが半分まくれあがっていて、そのためにフランネルの寝間着《ねまき》を着てむこう向きに寝た女の背後から、男が右脚を絡みつけているのが隠見している。男の右手は女の下腹部のほうへ伸《の》ばされていたが、肘《ひじ》から先は掛け蒲団のなかへ飲みこまれていた。男の左腕は背後から女の枕の下へ通されて、上半身が掛け蒲団のうえから女にのしかかり、男の頭は女の肩のあたりで首の骨が折れたようにがっくりしていた。

上海氏はまた音を立てて息をうちへ吸い、それから足許《あしもと》に気をつけながら裾をまわって寝具のむこうへいって女の顔をのぞきこんだ。亜紀の母はきれいに髪を撫《な》でつけていた。薄化粧《うすげしょう》さえしているのが哀《あわ》れでもあり浅ましいようでもあった。眼を半分開いていたがその眼にうかんだ表情といい、少し開いた唇《くちびる》といい、いかにも訝《いぶか》しそうな顔色だった。なぜこんなことが起こったのか、いや、いま自分の身辺になにが起こりつつあるのか、不思議でならないといった顔色だった。絞《し》め殺されているのである。のどのまわりに残っている鬱血《うっけつ》したような紐の痕《あと》がそれを物語っている。そのうえからのしかかっている保険勧誘員の後頭部には明らかな打撲傷《だぼくしょう》が見受けられた。その一撃《いちげき》がかれの生命を奪ったのか、それとも昏倒《こんとう》させただけなのか、素人が外部から見ただけではわからなかったが、男の首のまわりにも紐の痕が黒ずんでいる。灰色の霧につつまれた上海氏の頭脳でも、だいたいつぎのような情景が想像されるのである。

犯人はまず亜紀の母を絞殺《こうさつ》した。起きているところを絞殺してあとから寝間着に着かえさせたのか、それとも寝床のなかにいるところを絞め殺したのか、とにかく殺しておいてその死体をまだ生けるもののように寝床のなかに横たえておいた。そこへ勧誘員が忍《しの》んできた。勧誘員は女が死んでいることに気がつかなかった。声をかけても返事のないのを、すねているかあるいは自分を焦《じ》らせているのであろうと気にもとめなかった。情事に関するかぎり勧誘員は自信を持っていた。パンツ以外のものを脱《ぬ》ぎ捨てると男が身を横にして側に体を倒《たお》した。それでも女が夜具に顎《あご》をうずめたままこちらを向かないので、勧誘員は背後から身を乗り出して女の顔をのぞきこもうとした。そこを隠れていた犯人に一撃をくらったのだろう。そのへんに兇器《きょうき》は見当たらないがほんのちょっぴり血がこびりついているだけなのを見ると、犯罪用語でいう鈍器《どんき》というやつだろう。犯人はしかしそれだけでは安心出来なかった。男が昏倒《こんとう》しているところを紐様のもので絞めたのであろう。

上海氏はとつぜんはげしく身慄《みぶる》いをした。上海氏が身慄いをしたのはこのときがはじめてである。水から這《は》いあがった犬のように体をふるわしてやまなかった。いま改めてきびしい寒気が爪先《つまさき》から這いあがってくるのを覚えた。

とつぜん犬が吠《ほ》えはじめた。上海氏はやっとわれにかえって外の物音に耳をすました。犬の吠えている方角から足音がこちらへ近づいてくる。冴《さ》えかえるような夜の底だから、なんでもない靴音でもひどく異様にひびくのかもしれない。その靴音はアスファルトの舗装道路をこちらへ近づいてくるのである。落ち着いた狂《くる》いのない歩調だが、上海氏はなおかつ危険なものを感じた。

上海氏は部屋を出ると障子を締め、縁側から台所を抜けてドアの外へ出た。靴音はますますこちらへ近づいてくる。ドアを締めたところで上海氏はちょっと躊躇《ちゅうちょ》したのちに錠《じょう》に鍵をかけた。カチッという金属的な音が上海氏にとっては警鐘《けいしょう》のように耳にとどろいた。靴音はもう柴垣の外まできていた。上海氏は鍵穴に挿《さ》した鍵を手にしたままドアの外に立ちすくんでいた。靴音が横の露地へ消えたとたん、上海氏は鍵穴に挿した鍵をそのままにして鶏小屋の背後に身をかくした。鶏がコトコトと身動きをし、ク、ク、クと不平らしい声をあげたとき、上海氏は全身の毛穴という毛穴に疼痛《とうつう》をおぼえた。

湿った土を踏《ふ》む音をさせて男の影《かげ》が門のところへ現われた。上海氏の眼にはそれが雲つくばかりの大入道のように見えた。男は長いレーン・コートの襟《えり》を立て、形のくずれた帽子《ぼうし》をまぶかにかむり、感冒《かんぼう》よけのマスクをかぶっていたが、しかし、それでも上海氏の眼は誤魔化《ごまか》されなかった。ひそかに心待ちしていた人物であることを知っていた。

鶏小屋の騒《さわ》ぎはまだおさまらなかったけれど、現場監督は自分のふいの侵入《しんにゅう》のせいだとして疑わなかったらしい。門のところでちょっと立ちどまっていたのちに、まっすぐに台所のドアへいって把手に手をかけたが、

「なんだ、こんなところに……」

マスクの下でつぶやく声がして鍵をまわす音がきこえ、現場監督の姿は台所のなかに消えた。現場監督は手袋《てぶくろ》をはめていて、ひどく事務的なうしろ姿だった。現場監督はこの家のなかになにがあるかを知っているのだ。

六畳の寝室のなかで現場監督がなにかやっていた。かれが身動きするたびに欄間から洩れる灯に浮きあがった庭の柿《かき》の実が、赤く照ったり暗く翳《かげ》ったりした。雨戸から放射された幾何学的《きかがくてき》な平行線がおりおり掻《か》き乱された。十分ほどして台所から現場監督が現われた。肩に勧誘員の死体をかついでいた。すっかり服装《ふくそう》をととのえた勧誘員はオーヴァーまで着て、頭と両手をだらりと現場監督の背中に垂れていた。現場監督は紐で結びあわせた勧誘員の靴をぶらさげていた。

さすがに台所を出るときの現場監督の顔は緊張していた。帽子の廂《ひさし》の下からあたりをうかがう眼は、文字どおり猛獣《もうじゅう》のようにたけだけしく光っていた。現場監督はあわてなかった。ゆっくりと落ち着きはらった態度で門を出ていった。鶏小屋の蔭《かげ》にいる上海氏の頭のなかではまた虫の音が大きくなった。

露地を出るときさすがに現場監督も強い決断を必要としたらしい。音もなくしばらく

そこに立っているらしかったが、やがて一気に街灯の光りを抜けてだらだら坂へ駆け込む足音がした。やがて一歩一歩坂を登る足音に耳をすませて、上海氏は鶏小屋のかげから出た。台所のドアへ寄ると鍵はなかったが把手に手をかけてみるとなんなく開いた。上海氏はもういちど六畳の寝室をのぞいてみたが、思わず大きく眼を視張《みは》った。わずか十分ほどのあいだにあの現場監督はよくもこれだけのものに手をつけたと思われるばかりであった。どこか近所に火事でもあって大急ぎでなにもかも持ち出そうとしたが、力及ばず諦《あきら》めて体だけ逃げ出したという恰好だった。なにもかもさっきのままではなかった。納戸の箪笥《たんす》の抽斗《ひきだし》という抽斗が抜き出したままになって、なにかが引っ掻きまわされていた。仏壇《ぶつだん》の下の抽斗さえ抜かれたままになっている。驚くべきは死体のよこたわっている寝床さえさっきの場所から移動していて、その下の畳や床板《ゆかいた》がひっぺがされていた。暗い孔《あな》をのぞいてみるとどこから持ってきたのかシャベルと十能《じゅうのう》が転がっていて、床下の土が大きくこねくり返されていた。こねくり返された土のなかに壺《つぼ》のようなものが転がっている。上海氏は床の下から壺をかかえあげた。昔消炭《けしずみ》をつくるのに使った黒い土製の壺である。きっちり合った蓋《ふた》には封蠟《ふうろう》が施《ほどこ》してあったらしいがむろんいまは破られていた。壺のなかには油紙と古新聞が突っ込んであるが、その油紙や古新聞や壺の外部にまぶれついた土の湿り気から、その壺がそうとう長く土中に埋められていたことが想像されるのである。壺のなかには油紙と古新聞以外なにもなかった。

上海氏が時計を見るとまさに二時。灰色の霧に閉ざされたこのひとの脳細胞をもってしても、現場監督があの死体をどこへ持っていったかわかるような気がするのである。上海氏は亜紀の家を抜け出すと、街灯に照らされた舗装道路を突っ切ってだらだら坂の崖《がけ》へ身をひそめた。さいわいだれにも見つからなかった。悪いほうの脚を引きずるように上海氏は坂をのぼっていった。少し風が出たのか崖上の林で木々の梢《こずえ》が騒ぎはじめた。濃紺の空に星は依然《いぜん》としてまたたいていたが、靄《もや》の面積がひろがって空の半分をおおっている。

坂の上まできたとき上海氏はかすかな物音を聞いた。それは上海氏の予想していたとおり団地の第四期建設工事が進行中の現場付近からであった。そして注意ぶかく耳を傾《かたむ》けると、それが厚いトタン板のうえで、コンクリートをこねまわすシャベルの音であることがわかるのである。

現場監督は三本立っている鉄塔《てっとう》のひとつの根本で、黙々《もくもく》としてコンクリートをこねていた。かれの足下には板枠《いたわく》と鉄骨を組み合わせて作った深さ二メートル、幅五十センチくらいの溝《みぞ》が作られていて、その一部はすでにコンクリートで埋められている。その溝の底に保険勧誘員の死体がうつむけに横たわっており、すでにその上半身はコンクリートのなかに埋《う》まっていた。厚いトタン板のうえで砂利とセメントをこねあわせた現場監督は大きなシャベルでひと掬《すく》いふた掬い、コンクリートを溝のなかへ流し込む。現場監督の額に汗《あせ》が光っていた。

8

上海氏は卒然として思い当たった。本来ならばこの任務は自分に課せられるべきものであったろうことを。

現場監督に関心を示しはじめる以前のある期間、亜紀は上海氏に対してひどくコケティッシュだったことがある。

丘《おか》のうえのいつもの草原に並《なら》んで腰をおろしていても、身をすりよせてくるようなことがちょくちょくあった。意味ありげな流し眼で上海氏の横顔を視ながら、

「小父さん、それでお年はいくつなの」

と、聞いてきたことがある。それを聞かれると上海氏はヨワイのである。記憶喪失者《きおくそうしっしゃ》であるところの上海氏は自分の年を知っていない。

「さあね、亜紀ちゃんには幾つくらいに見えるかね」

「おツムを見ると六十くらいね、真っ白ですもんね。でも若くても白髪《しらが》の人だってあるわ。非常な苦労をしたとか、大きなショックを受けたりした場合ね。小父さんはそのどっちかなんでしょ」

亜紀はどうやら上海氏が記憶喪失者であることを知っているらしかった。

「でも小父さんの体を見ているとまだとってもお若いわ。小父さんは痩《や》せていらっしゃ

るけれど、とっても逞《たくま》しい筋骨をしていらっしゃる。まだ五十とはいってらっしゃらないんじゃない？　四十代よね、きっと。小父さんは両の頬《ほ》っぺに深い縦皺《たてじわ》があるわね。それとおツムの白髪でお年寄りに見えるけど、本当はまだうんと若いのね。きっと亜紀の父ちゃんくらいの年頃よ。そしてねえ、小父さん」

　と、亜紀はいよいよ身をすりよせてきて、

「亜紀ったら父ちゃんの年頃の人を見ると妙に心がひかれるの。こういうのをファーター・コンプレックスというんですって」

　上海氏は身内に疼《うず》くようなものを感じながら、眼前に迫《せま》ってきた亜紀の唇からあわてて顔をそむけたことがある。あのとき衝動《しょうどう》にかられて唇を重ねていたら、三国屋における亜紀の相手は自分であり、そして、いま現場監督のやっている任務も当然自分に課せられていたことだろう。

　それだけに上海氏はいま現場監督のやろうとしていることに大きな責任みたいなものを感じていた。

「いけないよ、監督さん、そんなことをしてはいけません」

　上海氏の態度があまり落ちつき払っていたので、かえって現場監督は当然感ずべき身の危険や恐怖《きょうふ》を一瞬《いっしゅん》忘れたくらいであった。シャベルの柄《え》を両手に握りしめたまま、呆《あっ》気《け》に取られたように近づいてくる上海氏を見守っていた。わずか残った木立を背に、悠々《ゆうゆう》と丘を降りてくる上海氏の姿がこんどは逆に現場監督に巨人《きょじん》のように映った。

「いけないよ、監督さん、そんなことをしてはいけません」

上海氏はもういちどおなじことばを繰り返しながら、それでも十分団地のひとたちを起こさぬようにとの配慮と細心の注意を払いながら、板枠や丸太や鉄材や、その他さまざまな建設機具のゴタゴタと設置された、足場の悪い建築現場を監督のほうへ近づいてきた。

「わたしにはあんたがたの計画はよくわかっている。あんたはその保険勧誘員をコンクリートの底へ埋めてしまおうとしている。やがてその基礎《きそ》工事のうえに鉄骨が建ち、さらにコンクリートが流し込まれ、四階建てのビルが建つだろう。そうすれば勧誘員は永久にこの世から姿を消してしまう。それであんたがたの思う壺ということになるのだろう」

言語障害のある上海氏としては珍しく雄弁だった。語りながら上海氏は足場の悪い建築資材のあいだを、びっこの脚をひきずりながら鉄骨で組まれたコンクリート・タワーの麓《ふもと》までやって来た。現場監督は怯《おび》えたように両手にシャベルを握ったまま二、三歩うしろへたじろいだ。主客転倒《てんとう》していつも灰色の霧《きり》につつまれて惨《みじ》めで哀れな上海氏は、いまや征服者《せいふくしゃ》のように巨大な存在にみえ、その反対に日ごろ自信満々でそれゆえにこそボスとしての貫禄《かんろく》を誇《ほこ》ってきた現場監督だが、いまではまるで空気の抜けたゴムマリのようにひとまわりもふたまわりも萎《しぼ》んで小さくなったようにみえたことである。

「いまあんたがこの死体を担ぎ出してきたあの崖下の家では、女がひとり殺されている。

しかも、家のなかは床の下まで掻きまわされている。ほんとに床の下の壺のなかに現金がかくされていたのかどうか、そこまではわたしは知らぬ。しかし、この勧誘員とあの女の関係は崖うえでもしたでも知られている。だからその勧誘員が姿を消せば、そいつが女を殺して壺のなかの金を奪《うば》って逃げたということになるのだろう。それがあんたとあんたの情婦、あの悪賢《わるがしこ》い小娘《こむすめ》の計画だろう」

「どうしてあんたはそんなことを知っているんだ。女が殺されていることや、地中に埋められていた壺のことを……」

「わたしはあの家のなかにいたんだ。あんたがあそこへやってきたとき」

「じゃ、あの鍵は……?」

「わたしが、植木鉢のなかから手に入れたんだ。あんたよりひと足さきにな。わたしはなにもかもこの眼で見ていた。だからわたしにはあんたがたのやろうとするからくりが、はっきり読めているんだ。いいや、わたしが見ていたのは今夜のことばかりじゃない。あんたとあの小娘が三国屋で逢《お》うていることも、わたしはちゃんと知っている」

現場監督の眼に殺気がほとばしったのに上海氏は気がついているのかいないのか、

「あんたがたはあそこへいくとき、いつも顔をかくしているようだ。だからあんたとあの悪賢い小娘の関係はだれにも知られていないと思っとるようだがそうはいかない。わたしがちゃんと知っている。さあ、もうそんなバカなまねはよしたほうがいい。そしてあの小娘から手を引くんだ」

上海氏のことばはおだやかで、相手を諭《さと》すような優しさと威厳《いげん》に満ちていたが、それを聞く現場監督は白い歯を出してにやりと笑った。いつもは人懐っこい愛嬌《あいきょう》のある笑顔にみえるのだが、このときはひとを小馬鹿《こばか》にしたような、世にも毒々しい笑顔に見えた。

「上海先生、あんたわたしらの仲を妬《や》いてるんだね。あの娘とわたしの仲を……」

「妬いている……？　わたしが……？　君たちの仲を……？」

「白ばくれるのはよしてくれ。あんたはまえからあの娘に気があったんだ。あの娘もいつかそんなことをいってたぜ。それだのにあの娘がおれのものになったもんだから、あんたは妬いてわれわれの仲を裂《さ》こうとしているんだ」

「馬鹿なことをいうもんじゃない。わたしが君たちの仲を妬くなんて、そんな馬鹿なことが……」

上海氏はつとめて威厳をとり繕《つくろ》おうとしたが、その声には力がなかった。いや、狼狽《ろうばい》したような曖昧《あいまい》さがあった。少なくとも上海氏の威厳が大いに傷つけられたことだけはたしかである。しかし、上海氏はすぐまた体勢を立て直すと、

「つまらないことをいわないで、とにかくその死体をもういちど掘《ほ》り出しなさい。そして……」

「いやだ、いやだ、邪魔《じゃま》しないでくれ」

「あんたはあの悪賢い、悪魔《あくま》のような小娘に利用されてるだけだということに気がつかんのか」

「馬鹿いえ、あの娘はおれに夢中《むちゅう》になってるんだ。あの娘はおれに惚《ほ》れてるんだ。首ったけに惚れてるんだ。だからあの娘の頼《たの》みとあればどんなことでも聞いてやらにゃならんのだ。上海さん、放せ、放せ、放せといったら放さねえか」

一本のシャベルの柄をふたりの男の四本の腕《うで》がつかんでいた。現場監督としては当然だが、上海氏のほうでも声を立てて団地の住人や、さらに団地のむこうにある飯場のひとたちの眼を覚まさぬようにとの配慮があるらしいのが不思議であった。しかも、そのことが現場監督を図に乗らせた。

「放せったら放せ、余計なまねはしてくれるな」

逞ましい現場監督の腕に突かれて上海氏の体はゴムマリのように弾《はず》んで飛んだ。うしろ向けのまま三、四歩土を蹴《け》って後退したかと思うとコンクリート・タワーの鉄骨に第三脊椎《せきつい》のあたりをいやというほどぶっつけたうえ、仰向《あおむ》けにひっくり返りそうになった。上海氏は悪いほうの脚で大きく虚空《こくう》を蹴《け》りながら、溺《おぼ》れるものが藁《わら》でもつかむように、コンクリート・タワーのハンドルに手を掛けた。ハンドルが大きく廻転《かいてん》するひょうしに鉄塔の頂上へ吊《つ》り上げられていた巨大なバケツが、物凄《ものすさ》まじい勢いで落下してきた。団地全体を震動《しんどう》させるようなその音響のために、上海氏の悲鳴や上半身の砕《くだ》ける音は消されてしまった。

9

「つまりそのバケツの落下する音で団地のひとびとや団地の反対側にある飯場に寝ていた作業員たちも眼をさましたというわけですな。団地のひとたちはともかく作業員たちは何事が起こったのかと駆け着けてみると……」

と、K署の捜査《そうさ》主任はアブストラクト芸術みたいな部屋のなかを見廻して、

「この家の主人がバケツの下敷《したじ》きになって死んでいたんですね。しかも、すぐ足下のコンクリートの基礎工事のなかに、若い男の死体が半分コンクリートのなかに埋められていたというわけです」

「なるほど」

小説家はおもてをくもらせて、

「その若い男が崖下に住む戦争未亡人の愛人だったというわけですか」

「そうです、そうです。保険の勧誘員《かんゆういん》なんですがね。団地の作業員たちもみんなその男をしってたんですが、なにしろ俯向けに埋められていたもんですから、掘り出すまでには相当時間がかかりましたし、掘り出してからも顔面からコンクリートを落とすまでにはいっそう暇《ひま》がかかったというわけです。ですからその死体が崖下の未亡人の愛人じゃないかといい出したのは、むしろ崖下の住人たちなんですね」

「崖下の住人が惨劇《さんげき》を発見したのは何時ごろ？」

「朝といいたいが午後の二時ごろのことなんです。崖上で他殺死体が見つかった。しかも崖下の後家さんの家じゃ何時になっても起き出してこない。しかも電気がつけっぱなしになっている。そこで近所のものが二、三人いってみたところが台所のドアに鍵がかかっていない。入ってみると後家さんが寝床のなかで縊《くび》り殺されている。しかも、家のなかは大掃除《おおそうじ》を途中で止したみたいに引っ掻きまわされ、畳《たたみ》から床板までひっぺがされているんですね」

「これは御用聞きから聞いたんですが、床下から壺が掘り出されていたそうじゃありませんか。その後家さんは、床下に金でも埋めていたんですか」

「そういう噂《うわさ》は以前からあったそうですが、いまのところ正確にはわかっていません。しかし四つの信託《しんたく》銀行に金をわけて預けておりますから、床下に金を埋めていたとしてもごく僅《わず》かなものだったでしょうね」

「母ひとり娘ひとりの家庭で、娘のほうは修学旅行か卒業旅行で留守だったとか……」

「卒業旅行です。娘が旅行に立った直後、それから一時間足らずのあいだの犯行とみられているんですがね」

「その娘というのはいまどこに……？」

「昨夜かえってきました。亜紀というんですがね。旅行先に電話をかけて呼び戻《もど》したんです。それで……」

と、捜査主任は鋭《するど》く小説家の顔を視据《みす》えながら、

「先生にお尋ねしたいんですがあの上海太郎というのはどういう人物なんです。先生が面倒《めんどう》を見ていられるということですが、いったいどういう関係なんですか。上海太郎という名前からしておかしなもんですが、聞けば記憶喪失者だそうですな」

どこかの大会社の重役タイプに見える小説家は、二重顎の首をちぢめて、終始浮《う》かぬ顔をしていたが、いま捜査主任の質問を訊《き》くと、いっそう傷《いた》ましそうに顔をしかめて、

「そうです。まあいってみればあの人こそこんどの戦争のもっとも悲惨《ひさん》な犠牲者《ぎせいしゃ》の一人でしょうな。あの人は自分の名前も年齢もしらない。すべての記憶は中支の戦線のかなたに消滅《しょうめつ》してしまって、戦後のあの人はまあ生きている屍《しかばね》も同様ですね。私も詳《くわ》しいことは知らないんですが、私の友人で私とおなじように小説を書くことを仕事としている者が、戦争中報道班員として陸軍に徴用《ちょうよう》されて、中支戦線へ派遣《はけん》されていたんですね。その友人、健康を害して上海の病院に収容されていたんですが、そこへ転げこんできたのがあの人なんです。言葉つきからしてあきらかに日本兵なんですが、そのときパンツ一つの丸裸《まるはだか》という状態で、身分も階級も所属部隊も全然わからない。それを証明出来るようなものはなにひとつ身につけていなかったばかりか、本人の記憶にも全然ないわけです。なにかよほど大きなショックを受けて、記憶が空々漠々《くうくうばくばく》として失われてしまったらしいんですね。そうそう、そのときすでに頭髪《とうはつ》は真っ白だったそうですし、骨と皮に痩せ衰《おとろ》えて見るも悲惨な状態だったそうですよ」

「そして、それっきり記憶は戻らなかったんですか」

「そうです。現在にいたるまでも」

「上海太郎とはだれが命名したんですか」

「その病院の院長さんだそうですよ。なにしろはじめは薄気味悪《うすきみわる》がられていたそうですが、気質のいい人でしてね、根はカラッと明るい性格なんじゃないでしょうか。自分の健康状態が回復すると、よく他の患者さんの面倒を見る。その時分から言語障害があり、片脚が不自由だったそうですし、それに記憶喪失者としての自分の立場に対する自覚もあり、ときどき深く考え込むようなこともあったそうですが、それだけにまめまめしく立ち働く。私の友人なんかもずいぶん世話になったといってます」

「それで復員するときだれが面倒を見られたんです」

「私の友人ですよ。それというのが上海氏の言葉を聞いているとどこか関東訛《なま》りがある。それでこちらへ連れてくれれば、だれか識《し》った人物に遇《あ》えるかもしれないというわけですね。それともうひとつ上海さん、病院にいる時分から閑《ひま》があると絵を描《か》き出した。その絵に心をひかれたんですね。それで終戦後こちらへ連れてかえると、K撮影所《さつえいじょ》へ世話をしたが、それもうまくいっていたようですよ。上海さんどこへいっても、人に愛される人物でしたからね」

「それで職業はやっぱり絵描《えか》きさん……？」

「そうです、そうです。友人や私の世話で個展を開いたりしましてね、ちかごろそうとう売り出していたんですが、先生欲のない人ですからね、よくよく困らなきゃ絵筆を執《と》ろうとしない」

「と、すると古池家の床下に埋められた壺の中身に、食指を動かすようなことはなかったでしょうかね」

「まさかね」

小説家は苦笑して、

「第一上海氏が床下の壺のことなどしってるはずがないでしょう」

「いや、それが知っていたんです。亜紀という娘が冗談《じょうだん》半分に話したことがあるんだそうです。そればっかりか上海氏は亜紀という娘が三泊四日の卒業旅行に立つということも知っていたそうです。K駅で遇っているんです。その直後の犯行ですからね。それに上海氏にとって致命的《ちめいてき》な証拠《しょうこ》は、古池家のドアの把手や箪笥や抽斗、さらに問題の壺にもベタベタと上海氏の指紋《しもん》がいっぱいついているんですよ」

どうだといわぬばかりに捜査主任は小説家の顔を視た。

小説家は顔をしかめて、

「しかし、動機はなんなんです。まさか壺の中身に心を奪われたとおっしゃるんじゃないでしょうね」

「義憤《ぎふん》じゃないかといってるんですがね。上海氏と亜紀は亜紀が中学二年ごろからのつきあいだったそうです。ふたりはよく丘の草原に肩《かた》を並べて坐っていたそうです。このことは団地の作業員も崖下の住人もよく知っています。中学二年以来というともう五年にわたるつきあいですから、その間亜紀がおりにふれて、自分の境遇《きょうぐう》なり身辺の変化などを、ただなんとなく話していたといいますからね」

「つまりその娘があんまり愛していなかったその母と、母の若き情人を亡きものにしてしまえば、亜紀という娘が幸福になれるという、一種の自己犠牲《ぎせい》というわけですか」

「自己犠牲という言葉は正確には当たらないでしょう。まさかああいう事故が起こって自分も命を落とそうとは思ってもいなかったでしょうからね。しかし、上海氏の計画どおり保険勧誘員の死体があのコンクリートの底に埋められ、そのうえに団地が建っていてごらんなさい。われわれは古池類殺しの犯人として、もうこの世に存在しもしない勧誘員を、血まなこになって追っかけていたことでしょうからね」

結局この事件は捜査主任が小説家に語ったような意見のもとに解決した。

亜紀はにわかに孤児《こじ》になったけれど、亡父古池信太郎のいとこになる人物に引き取られていって、あの忌《いま》わしい家は取り毀《こわ》された。亜紀はまだ未成年者だから古池家の財産は父のいとこになる人が管理することになったが、この人は誠実な人物だから、亜紀も将来物質的には幸福になるだろう。アタマのよい亜紀はその翌年東京でも有名な大学へ進み、将来は自活するつもりでいる。

ちょうどそのころK団地の第四期工事も完了し、そこに働いていた作業員たちも現場監督とともにほかへ移った。その建設会社は日本でも有数の大会社なので、すぐ東京都下に大きな団地を建てはじめたが、その団地の六階建ての鉄骨が組み立てられたとき、どういうあやまちからか現場監督が、六階の足場から顚落《てんらく》して地上に叩《たた》きつけられ、肉も骨も砕《くだ》けて死んでいるのがある朝発見された。そのことは新聞にも出たが建築現場にままある事故なので極《ご》く簡単にしか報道されず、したがってそれを読んでもあの捜査主任や小説家もなんの気もつかなかったであろう。

10

「あなた、この絵馬《えま》どうしたんですの」

小説家の妻が書庫の奥《おく》から持ち出してきたのは一枚の絵馬である。絵馬の表には墨《すみ》くろぐろと男の手型が捺《お》してあり、そのうえに祈武運長久と書いてある。裏を返すと二十五歳未《ひつじ》年の男とある。

「ああ、それ……」

小説家は眼尻《めじり》に皺《しわ》をたたえながら、

「上海さんの形見だよ。あの人の蒐集品からそれだけ取っておいたんだ」

「こんなもん捨ててしまいましょうよ」

「いや、そうはいかんよ。あの人のたった一つの遺品だからね。おお、そうだ。それ応接室の壁《かべ》にかけておこう。ちょっと古風で風流でいいじゃないか」

柔順な妻はまた夫の物好きがはじまったと思いながら、あえてその発案に反対しなかった。だからその絵馬はいまでも小説家の応接室にかかっている。しかし、もしだれかがこの絵馬の指紋と警察に保存されているであろう上海太郎氏の指紋とを照合するならば、ぴったり一致《いっち》することに気がついたであろう。そして亜紀の父の古池信太郎は未年であり、応召したとき二十五歳であった。

その亜紀はちかごろますます美しくなり、ちかく莫大《ばくだい》な遺産を相続することになっている。

解説

中島河太郎

角川文庫による横溝正史作品の全収録を心がけ、それが九分通り叶えられた。若干の作品が残されているが、それは著者の意向を忖度《そんたく》して収録を見合わせているものと、八方手を尽くしてもまだ発表誌の入手できないものとである。そのうちに金田一耕助物の未刊の長編があって、長年のあいだ、気がかりになっていた。

私が「探偵小説年鑑」の昭和二十五年版に載せた「日本探偵小説総目録」の横溝正史の項にはすでに「死仮面」（「物語」24・8―11）を採録している。

その作品を知ったのは、「探偵作家クラブ会報」の昭和二十四年七月号の消息欄に、「横溝正史氏は『物語』誌上に、長編『死仮面』の連載を開始した」

という記事に目をとめたからであった。

この雑誌は名古屋の中部日本新聞社が、二十一年十二月に創刊したものだが、当時の出版流通機構は混乱をきわめていたので、地方出版物の入手は困難であった。同じく名古屋から刊行されていた雑誌「新探偵小説」は、露店で買えたのだが、「物語」はついぞ見かけたことがなかった。だから私の目録は、会報の記事から推定したもので、連載開始を八月にしたのであろう。

著者の戦後の長編は未完に終わったものはともかく、残らず刊行されているので、「神の矢」「模造殺人事件」「失われた影」同様、中絶の運命に遇《あ》ったものとばかり考えていた。

角川文庫に収められた著者の作品集が空前の歓迎を受けたので、その作品を網羅することになった。かねてから気になっていたので、方々を捜し求めたあげく、ようやく国会図書館の目録で見出した。ここはなかなか意地悪なところで、娯楽雑誌は見せてくれないものが多いが、「物語」の場合は支障もなく合本を貸し出してくれた。三十年近くもたってから、「死仮面」にめぐり会えたわけである。

当時の雑誌は紙数制限の時代であり、おまけにそれは大判だから、余計薄っぺらなものだった。二十四年の五月から十二月まで、八回にわたっての連載で、ちゃんと完結しているのだが、あいにく第四回の載った八月号が欠けている。欠落したままで合本になっているのだから、どうにも手の施しようがない。

手にとってみると金田一耕助が登場している。おなじみの磯川警部が謎の火つけ役である。金田一はまだ「本陣殺人事件」と「獄門島」で活躍したばかりだから、著者はこの二人のことをもう少し詳しく知りたいなら、これらを読んで戴きたいと断わっている。「八つ墓村」はやっと三月から始まったばかりで、翌々年まで続くのだから、この「死仮面」と並行して執筆されている。だが、この物語では八つ墓村の連続殺人事件を解決した帰りに、磯川警部のところに寄り、そこで「死仮面」事件の話をきくという順序になっている。

なにしろ金田一物の長編を発掘したのは手柄であったが、八回連載中の一回分が欠けているのはどうにもならない。近代文学館や大宅文庫をはじめ、できる限りの手を尽くしたが、戦後間もなくの雑誌の捜索は困難であった。

いっそ発行元の中部日本新聞社にあたるか、名古屋近辺の図書館に訊き合わせようかと思っていたところ、編集担当の橋爪氏を通じて、中日新聞の記者が乗り出してくれた。十月五日に「幻の長編ヤーイ」という大見出しで、七段もの記事が載っている。

「推理小説家、横溝正史さん（七九）の金田一耕助シリーズのうち、ただ一つ、単行本になっていなかった〝幻の長編〟があることがわかった。『八つ墓村』事件を解決した金田一が岡山県警にあいさつに訪れるところから始まり、他の作品にはほとんど出てこない金田一の事務所の様子が書き込まれているなど、ファンにはこたえられない作品。戦後推理小説史の空白を埋めるものだが、雑誌連載七回分のうち、一回分が欠落、どうしてもみつからないのが難。横溝さんや出版関係者は『なんとか欠落分の載った雑誌を見つけ、作品を〝完成〟させたい』と連絡を待っている」

こういう親切なコメントをつけて、私の発掘を紹介し、発行元の中日新聞本社で保存していた分も、社屋の移転などのときに行方不明、名古屋の鶴舞図書館なども調べたがない、あとは個人の所蔵に頼る以外に方法はないと、広く呼びかけてくれたのである。

ただこの記事の困った点は、連載を七回とし、四回目に当る九月号がないと記されているのだが、実は八回分だから、四回目は八月号に当るわけである。まったく反響がなかったのは、せっかくの厚意に申し訳ないことだった。

はじめこの作品を発掘した折り、著者は「悪霊島」の稿を練っておられたが、その合間を縫って「死仮面」を全面的に改稿されるつもりであった。著者はあとで「当時、私はなぜかこの作品を毛嫌いし、本にしなかった。話が陰惨すぎたせいであろう」と述べているところをみても、全編に流れる暗いムードが時代にそぐわなくなったことを感じとられたのかもしれない。とにかく著者はあらためて筆写し、訂正用の原稿を用意しておられたのだが、「悪霊島」の完成後、療養につとめることになった。

新聞の呼びかけにこたえてくれるものがないとすれば、その一冊の発見される偶然の機会を待つほかはない。せっかくの金田一シリーズの長編を何年も何十年も眠らせておくべきかと迷ったが、七回分が残っていると発表された以上、横溝ファンの追及は急である。著者の補足が叶わぬ現状では応急の策をたてるほかはない。

そこで第四回にあたる章を私が補なうことになった。「妖婆の悲憤」と「校長の惨死」は、私の筆によるものである。他日、この分が発見されたら当然さし替えねばならない。作品を傷つけるのではないかと私自身にとっても不本意だが、いまは宥《ゆる》しを乞うほかはない。この原版の見本刷はようやく著者の告別式に届けられたから、私の不遜な補稿はとうとう目を通されなかった。

あとに添えた「上海《シャンハイ》氏の蒐集品《コレクション》」は、「野性時代」の昭和五十五年七月号と九月号に分載された。発表年代からいえば「悪霊島」完結後二か月だから、絶筆といいたいところだが、実は長く著者の筐底《きょうてい》に置かれていたものである。

記憶を喪失したアマチュアの画家が、武蔵野の面影を若干とどめている土地に住みついてから、急速に環境の変貌がいちじるしく、団地建設の作業に寧日もない光景に直面することになる。個人の感傷など吹き飛ばしてしまう崩壊のさなかに、中学生の少女と親しくなった。だが四年もたつと彼女は成熟して、現場監督と人目を忍ぶ仲となる。

彼女の母親は二十も年下の男と情事に溺れ、やがて殺人事件へと発展し、画家は犯行の渦中に投げこまれた上、苛酷な運命にさらされる。戦争のもっとも悲惨な犠牲者の数奇な境涯を描いた本編は、恐らく四十年前後の作かと思われるが、少女に惹かれる理由が分らぬままに、関心をそそられる縁《えにし》が、あわれを通り越して痛ましい限りである。滅びゆく風土と人間に捧げた著者の鎮魂曲であろうか。

本書は、昭和五十九年七月に小社より刊行した文庫を改版したものです。なお本文中には、気ちがい、跛、いざり、薄野呂、中支、土工など、今日の人権擁護の見地に照らして、不適切と思われる語句や表現がありますが、作品全体として差別を助長するものではなく、また、著者が故人である点も考慮して、平成八年五月三十日刊行の第十五版にもとづく最小限の修正にとどめました。

（編集部）

死《し》仮《か》面《めん》

横《よこ》溝《みぞ》正《せい》史《し》

昭和59年 7月10日 初版発行
令和4年 5月25日 改版初版発行
令和6年 12月10日 改版再版発行

発行者●山下直久

発行●株式会社KADOKAWA
〒102-8177 東京都千代田区富士見2-13-3
電話 0570-002-301(ナビダイヤル)

角川文庫 23186

印刷所●株式会社KADOKAWA
製本所●株式会社KADOKAWA

表紙画●和田三造

●お問い合わせ
https://www.kadokawa.co.jp/ (「お問い合わせ」へお進みください)
※内容によっては、お答えできない場合があります。
※サポートは日本国内のみとさせていただきます。
※Japanese text only

ISBN 978-4-04-112614-1 C0193

◆◇◇

角川文庫発刊に際して

角川源義

第二次世界大戦の敗北は、軍事力の敗北であった以上に、私たちの若い文化力の敗退であった。私たちの文化が戦争に対して如何に無力であり、単なるあだ花に過ぎなかったかを、私たちは身を以て体験し痛感した。西洋近代文化の摂取にとって、明治以後八十年の歳月は決して短かすぎたとは言えない。にもかかわらず、近代文化の伝統を確立し、自由な批判と柔軟な良識に富む文化層として自らを形成することに私たちは失敗して来た。そしてこれは、各層への文化の普及滲透を任務とする出版人の責任でもあった。

一九四五年以来、私たちは再び振出しに戻り、第一歩から踏み出すことを余儀なくされた。これは大きな不幸ではあるが、反面、これまでの混沌・未熟・歪曲の中にあった我が国の文化に秩序と確たる基礎を齎らすためには絶好の機会でもある。角川書店は、このような祖国の文化的危機にあたり、微力をも顧みず再建の礎石たるべき抱負と決意とをもって出発したが、ここに創立以来の念願を果すべく角川文庫を発刊する。これまで刊行されたあらゆる全集叢書文庫類の長所と短所とを検討し、古今東西の不朽の典籍を、良心的編集のもとに、廉価に、そして書架にふさわしい美本として、多くのひとびとに提供しようとする。しかし私たちは徒らに百科全書的な知識のジレッタントを作ることを目的とせず、あくまで祖国の文化に秩序と再建への道を示し、この文庫を角川書店の栄ある事業として、今後永久に継続発展せしめ、学芸と教養との殿堂として大成せんことを期したい。多くの読書子の愛情ある忠言と支持とによって、この希望と抱負とを完遂せしめられんことを願う。

一九四九年五月三日

角川文庫ベストセラー

角川文庫ベストセラー

金田一耕助ファイル16
悪魔の百唇譜　横溝正史
若い女と少年の死体が相次いで車のトランクから発見された。この連続殺人が未解決の男性歌手殺害事件の秘密に関連があるのを知った時、名探偵金田一耕助は激しい興奮に取りつかれた……。

金田一耕助ファイル17
仮面舞踏会　横溝正史
夏の軽井沢に殺人事件が起きた。被害者は映画女優・鳳三千代の三番目の夫。傍にマッチ棒が楔形文字のように折れて並んでいた。軽井沢に来ていた金田一耕助が早速解明に乗りだしたが……。

金田一耕助ファイル18
白と黒　横溝正史
平和そのものに見えた団地内に突如、怪文書が横行し始めた。プライバシーを暴露した陰険な内容に人々は戦慄！　金田一耕助が近代的な団地を舞台に活躍。新境地を開く野心作。

金田一耕助ファイル19
悪霊島（上）（下）　横溝正史
あの島には悪霊がとりついている――額から血膿の吹き出した凄まじい形相の男は、そう呟いて息絶えた。尋ね人の仕事で岡山へ来た金田一耕助。絶海の孤島を舞台に妖美な世界を構築！

金田一耕助ファイル20
病院坂の首縊りの家（上）（下）　横溝正史
〈病院坂〉と呼ぶほど隆盛を極めた大病院は、昔薄幸の女が縊死した屋敷跡にあった。天井にぶら下がる男の生首……二十年を経て、迷宮入りした事件を、等々力警部と金田一耕助が執念で解明する！